07/20卷

江户川乱步青年侦探全集

黑天使

【黒い魔女】

[日]江户川乱步（えどがわ らんぽ）◎著

叶荣鼎◎译

时代文艺出版社

图书在版编目（CIP）数据

江户川乱步青年侦探全集. 07，黑天使 /（日）江户川乱步著；叶荣鼎译.
—长春：时代文艺出版社，2016.6

ISBN 978-7-5387-5215-1

Ⅰ.①江… Ⅱ.①江… ②叶… Ⅲ.①侦探小说－日本－现代 Ⅳ.①I313.45

中国版本图书馆CIP数据核字（2016）第081002号

出 品 人　陈　琛
产品总监　郭力家
责任编辑　刘瑀婷
　　　　　闫松莹
装帧设计　黄　龙
排版制作　隋淑凤

江户川乱步青年侦探全集 07

黑天使

[日] 江户川乱步 著　叶荣鼎 译

出版发行 / 时代文艺出版社
地址 / 长春市泰来街1825号　时代文艺出版社　邮编 / 130011
总编办 / 0431-86012927　发行部 / 0431-86012957　北京开发部 / 010-63108163
官方微博 / weibo.com / tlapress　天猫旗舰店 / sdwycbsgf.tmall.com
印刷 / 三河市万龙印装有限公司
开本 / 640mm × 910mm　1 / 16　字数 / 127千字　印张 / 11.75
版次 / 2016年6月第1版　印次 / 2016年6月第1次印刷　定价 / 20.00元

图书如有印装错误　请寄回印厂调换

出版说明

江户川乱步本名平井太郎，1894年10月21日生于日本三重县名张市，是日本著名的推理作家、评论家，“本格派”推理的创始人，被誉为“日本侦探推理小说之父”。

1923年，他在《新青年》杂志上发表本格推理处女作《二钱铜币》（收录于全集11卷中）轰动文坛，奠定了日本侦探小说的基础，同时也引领了日本推理小说的创作风潮。

“本格”是日语词，有“正规、正统”之意。所谓“本格推理”是指推理者从谜案中搜寻蛛丝马迹，经过严密的逻辑推理，解开谜案疑点，拨云见日、找出真凶的过程。所以，在“本格推理”的世界中有两个要素不可或缺：一是难解的谜案（如密室杀人），二是逻辑严密的推理。这也是本格推理最大的魅力所在，因为谜案难解，才好奇；因为推理刺激，才痛快！

我们出版的“青年侦探全集”（全20卷），共包含23篇本格推理故事，情节扑朔迷离，悬念强烈，既充满诡谲的气氛，又有着环环相扣的严密推理。案情往往在看似山穷水尽之时峰回路转，出人意料又合情合理，令人拍案叫绝。其主角明智小五郎是江户川乱步成功塑造出的日本第一位名侦探，在日本家喻户晓，被称作“日本的福尔摩斯”。密室杀人案、死亡倒计时牌、钟楼里的秘密、五重塔的诅咒……不同于传统侦探故事中主角的开挂式超能，乱步笔下的大侦探在与凶手的博弈中，有时也会犯错误，甚至在交锋中败下阵来。但也正因如此，才使得明智小五郎的形象更为真实丰满，让金属般棱角分明的推理故事中多了一丝有血有肉的真情感。

该全集内容由著名日本文学翻译家叶荣鼎先生，历时八年翻译而成，不仅再现了一代推理大师的作品原貌，更注入了翻译家对大师的崇敬之情。相较于市面上现有的其他译本，叶荣鼎先生的译文文本规范、文字精当、情节紧凑、故事性强，适合各年龄段的读者阅读和收藏。

此外，还有专门为本套图书绘制的精美插图，穿插在故事中，凸现案件发展的关键节点。诚邀爱好侦探推理的朋友，跟随大师的妙笔一起畅游本格推理的世界。随着侦探与凶手视角的转换，一窥善恶。读罢小说，回归现实，你既不是机关算尽的凶手，也不是明察秋毫的神探，周遭的一切皆毫发无伤，但是你却收获了阅读应有的快乐。

时代文艺出版社

目 录

コンテンツ

打　　赌

优雅的圣诞音乐在街上回荡，圣诞节前夕的夜色越来越浓。

夜里十点左右，东京宾馆的大厅里，灯火辉煌，人声鼎沸，人们正在举行圣诞庆祝活动。

“干杯！祝圣诞节快乐！”

几十个男女身穿节日盛装，举杯高呼。

脑袋上歪戴着红白相间的尖顶帽的人们，跳起了轻快的狂欢舞。

五彩缤纷的碎纸片犹如漫天飞舞的雪片、五颜六色的飘带、从天而降的瀑布，源源不断地洒向狂欢的人们。

大厅里，不时传出香槟酒瓶盖被扭开时悦耳的啪啪声及雷鸣般的欢笑声。

人群里，也不知是谁放起了气球，红的，蓝的，不计其数。

“呀，黑天使，黑天使！”

“黑天使下凡了！”

“太美丽了！女王万岁！”

“祝黑天使圣诞快乐！”

大家都为黑天使送上祝福。

人们的视线一齐投向门附近，人群里响起了雷鸣般的掌声。

与此同时，自动朝两边分离的人群重新组合，被称为黑天使的女人迈着轻盈的脚步朝大厅中央走来。

她身着闪光且合身的黑色礼服，头戴黑色礼帽，手戴黑色手套。从头到脚黑色装束，仅胸前有一枚银色的别针，别针形状像栩栩如生的某种动物，模样令人生畏。

黑天使美丽的脸蛋犹如盛开的蔷薇花，她向众人报以妖媚的笑容。

“朋友们，晚上好！今晚是平安夜，请大家尽情地玩，尽情地跳！”

她把右手举过头顶，一边挥动一边环视周围，高声鼓动着。

接着，她手举酒杯在人群中穿行，频频投以笑容。不一会儿，她走到独自坐在沙发席上的年轻男子身边，朝着他弯腰行礼。

“喂，这么快乐的平安夜，你怎么一个人默默地呆坐在这里？”

“哦，是说我吗？我不是很愉快地坐在这里吗？”

“瞧你嘴上这么说，可你脸上的表情告诉了我一切。怎么，你大概还在思考岩濑君的事吧？”

“岩濑君的事？他有什么事？”

“好了，你别装糊涂了！你是在担任警戒，防止岩濑君的女儿遭绑架吧？你在干什么，我一清二楚。”

“瞧，这么愉快的平安夜，请别说那种扫兴的话。我是来玩的，至于绑架什么的，我根本不知道有那回事！”

“瞧你还在装蒜！我和岩濑君关系特别好，他家里不管什么事我都清楚。”

年轻男子目不转睛地注视着黑天使的脸。

“夫人，你对这件事怎么会有如此浓厚的兴趣？”

年轻男子瘦高的身材，身着黑色西装，脸绷得紧紧的，眼眸清澈而又锐利。

这眼神，这张脸，好像在哪里见过。嗯，想起来了！是那位赫赫有名的大侦探，叫明智小五郎。

“我非常喜欢侦探小说，当我知道岩濑君女儿的事情后，觉得像发生在小说里似的，被深深吸引住了。今天，我能和著名侦探在如此友好的气氛中交谈，我，激动得不知说什么才好！是啊，仿佛觉得自己也成了小说里的人物。”

说到这里，黑天使的眼睛里射出恶意的目光，话中带刺。这个身着黑礼服的贵妇人究竟是谁？

她就是本故事里的主人公，人称黑天使，她还有一个外号叫黑蜥蜴，源于她那身黑色礼服和胸前的银色蜥蜴形别针。

“但是，夫人，现实生活中发生的事件根本不是你说的什么小说。这回在岩濑君家发生的事件，我觉得是不良少年干的。”

“你在全力以赴侦查，甚至半夜里也在走廊上踱方步，向宾馆服务生打听情况……我这个人，不管什么都一清二楚。”

“你一直在注意这起事件吧？对不起，我有眼不识金镶玉。”明智小五郎讽刺着对方，两眼盯着黑天使的美丽脸蛋。

“别误会，我不是恶作剧，完全凭第六感。我总觉得这不是一般的案件，你应该加倍仔细观察才是。”黑天使没有躲开对方咄咄逼人的目光，而是针锋相对，瞪大眼睛毫不相让地紧盯着对方，话中有话。

“是啊，该谢谢你才是呀！但请你放心，只要我继续干这一行，绝不允许恶魔伤岩濑君女儿一个手指。不管什么盗贼，不管什么歹徒，休想在我面前蒙混过关。”

“是啊，是啊，你的高超侦查技术我是清楚的。不过，我总觉得这起案件非同寻常。对方似乎具有超常魔力，是一个非常可怕的人物……”

“哈哈……夫人，你怎么老是在偏袒歹徒呢？好，我和你打一回赌。”明智小五郎半真半假开玩笑似的提议。

“啊！你说跟我打赌？我简直是受宠若惊。好吧，我胸前这枚珍贵的别针，就算我下的赌注好吗？”

“哈哈……夫人，你好像真要和我打赌。那好，如果岩濑君女儿遭到绑架，就算我输……是啊，我拿什么当赌注呢？”

“你就把你的侦探事业当赌注，怎么样？你如果这样下赌注，我就是把拥有的全部宝石当赌注押上也行。”

通常，贵妇人都有这样的怪脾气。

“好！这太有趣了！我输了，从此远离侦探事业，而你下的赌注是仅次于生命的珍贵宝石。相比之下，我干的这一行算不了什么。”

“哈哈……我们一言为定！我要废止你的侦探事业。”

“行！一言为定！我将高兴地等待着从你那里得到所有宝石，哈哈哈……”

也不知是什么时候，玩笑当真起来，两个人居然真打起了赌。

这时，成为他俩话题的岩濑庄兵卫带着女儿岩濑早苗来到他俩跟前。他的脸上，虽挂满了喜庆圣诞的笑容，却掩饰不住惶惶不安的阴影。

这起所谓的绑架事件，到底是怎么回事？

预　　告

岩濑庄兵卫，是大阪的大宝石商。

岩濑早苗是他的女儿，长得楚楚动人，今晚，在东京宾馆宽敞的大厅里特别引人注目。

十七八岁的年龄，身材颀长，白净的脸上没有一丝红晕，岩濑早苗给人一种大阪人特有的沉稳感觉。因为近视，她的鼻梁上总是架着一副眼镜。

金色的华丽和服，银色的闪光腰带，橘色的短和服外套。今晚的圣诞庆祝宴会上，很少有人穿和服，故而，她的这身打扮格外耀眼。

岩濑早苗的身边有一名寸步不离的保镖，他便是她的父亲岩濑庄兵卫。他注意女儿的每个动作，同时用警惕的眼光注视着周围的动静。

他虽已经头发花白，可红光满面。大腹便便的他，一看就知道是大商人。

乍一看父女俩平安无事，可无形的魔爪正在伸向他们。

那是半月前发生的事情。

一天早晨，岩濑庄兵卫像往日一样翻阅来自各地的邮件。当打开一封不熟悉的白色信封时，不由得歪了一下脑袋。

信封正面“岩濑庄兵卫先生收”的字，故意被写得歪歪扭扭的。信封背面，没有寄信人的姓名和地址。

“咦，这封信是谁寄来的？”

岩濑庄兵卫撕开信封口，里面是一张白色的普通便笺，上面的字和信封表面的字一样歪歪扭扭。内容如下：

岩濑庄兵卫先生：

请注意令爱周围，恶魔正企图绑架她。特告。

“混账！这肯定是一个心理变态的家伙，成心捣乱。”

岩濑庄兵卫心里极不痛快，轻声骂道，稀里哗啦地将信撕成碎片，啪的一声，扔入旁边的废纸篓里。

可与这同样莫名其妙的信，从那以后每天都出现在信箱里。

一开始，岩濑庄兵卫以为是什么神经不正常的人的恶作剧，并没有把它当一回事；但望着同样内容的信渐渐增多，猛然间他觉得无形的魔爪正在伸向自己的女儿。似乎觉得绑架的日子一天比一天临近，他犹如热锅上的蚂蚁坐立不安。

他做了许多假设，但就是想象不出寄信人是谁。

终于，他叩开了当地警署的大门报告了这一情况。

警方派出警力摸排和布控，费了九牛二虎之力还是没找到寄信人。

这么多同样内容的信的信封上，寄信人没有留下会成为警方侦查线索的姓名和地址。不仅如此，信上的邮戳时而是大阪，时而是京都，时而是东京，每次都不一样。

正在这时候，有人想为岩濑早苗说媒。

对方是东京一流的名家，简直是打着灯笼也盼不来的攀亲良机。

岩濑庄兵卫感到为难，不知如何是好。

“伤脑筋！要缔结这桩婚姻，无论如何得带早苗去东京与对方见面。”

东京对方的家，也频频来信催岩濑庄兵卫带女儿去。

“看来，就是冒险也得去东京。再说，手头上还有几笔生意必须在东京成交。此外，暂时离开一下被怪信滋扰的家，去东京宾馆小住几天换换环境也许是一件好事。”

终于，他下了去东京的决心。

但是，路上万一遇上不测后果则不堪设想。必须采取特别措施保护早苗，否则随时都会有危险。于是，他决定聘请大侦探明智小五郎担任一路护送的保镖。

岩濑庄兵卫曾委托过明智小五郎侦破宝石商店被盗案，对他高超的侦查技术一清二楚。

“明智先生，请无论如何保护好早苗。只要讨厌的信件消失，你的任务就完成了。我作为她的父亲，简直成了惊弓之鸟。如果你接受委托，我就没什么可担忧的了。求求你了。”

明智小五郎一开始没有接受，可岩濑庄兵卫死乞白赖地央求，实在让他无法推辞，终于答应了，跟着他住进宾馆，与他住的房间相邻。

为防止岩濑早苗遭人绑架，明智小五郎高度警惕，寸步不离。

实　施

“打扰了！看你俩又是说又是笑的，能不能让我一起参加？”

岩濑早苗走到明智小五郎和黑天使两个人跟前，勉强露出笑脸主动跟他俩打招呼。

“哦，早苗小姐，快坐到这里来！刚才，明智大侦探闷得慌在发牢骚呢！说实在的，像那样的信肯定是恶作剧。”

这时，岩濑庄兵卫急匆匆走来，他觉得一分钟也不能离开女儿早苗。

加上岩濑庄兵卫的到来，正好是四个人围着一张茶几。大家都认为怪信超出一般常识，但为了避免给岩濑早苗增加恐惧，尽量绕开这一话题，说一些高兴的事情。

说着说着，豪华而又热闹的圣诞庆祝晚会使他们忘了一切，浓浓的节日气氛把他们带到了云里雾里的梦境。

岩濑庄兵卫君、黑天使夫人、明智小五郎，就连当事人岩濑早苗也陶醉在欢乐的海洋里，早已把遭绑架的危险置于九霄云外。

不经意间，岩濑庄兵卫和明智小五郎结成了交流对子，黑天使与岩濑早苗结成了交流对子，自然而然地分成两组交谈起来。

须臾，这对女伴站起来，似乎忘了跟正在热切交谈的两个男人打招呼，穿过大厅里的拥挤人群，散步似的走了出去。

黑色装束的黑天使与身着橘色和服短外套的早苗小姐，像两个婀娜多姿的仙女映入人们的眼帘。

黑天使是有名的贵妇人，岩濑早苗也是日本屈指可数的大富豪家千金，人们的视线跟着她俩的背影目送着。

两个女人的背影、发型，十分相像。

黑天使虽说已二十五六岁，但看上去仍像少女，步履轻盈。

看起来她俩的年龄似乎相差无几，都是十七八岁。

她和岩濑早苗的走路模样看不出谁邀请谁，肩并肩手拉手，穿过大厅，沿着走廊来到楼梯口。

“早苗小姐，顺便去一下我的房间，让你见识见识昨天我说过的木偶。”

“好呀，你已经把它拿来了？”

“是的。我一直把它带在身边，是我忠实可爱的仆人。”

“我太想见识见识了。”

岩濑早苗一听说是木偶全身来劲儿，美丽的脸上闪着兴奋的光泽。

黑天使的房间在一楼，岩濑早苗的房间在二楼。

两个人在楼梯口站了一会儿，终于不知不觉地朝着黑天使的房间走去。

“早苗小姐，请进来！”

一来到隔壁房间门口，黑天使赶紧推开房门催促岩濑早苗进去。

“怎么，你弄错了吧？你的房间不是23号吗？”

岩濑早苗突然停下脚步，踌躇不安起来。

门牌号是24号，确实是夫人隔壁房间的房门，借宿人叫山川健作，跟黑天使一块儿住进这家宾馆的。

从黑天使脸上的表情来看，似乎并不清楚，也不知何故。

“没错，没错，这是我的房间，快，快请进。”

话音刚落，她一把抓住岩濑早苗的胳膊朝房间里拽。

两个人身影刚进房间，房门便“啪”地关上了，随即传来锁门的声音，不是来自门外侧，而是门内侧被上了锁。

与此同时，门内侧传出轻轻的悲伤的呻吟声，好像谁被使劲儿地按着。

刹那间，房间里鸦雀无声，静得出奇。

片刻，可以听见有人窃窃私语的声音，接着是踱方步的声音，紧接着是物体相撞的声音，持续了五分钟左右。

嘈杂声一消失，传来开门锁的声音，随之，门与门框之间的缝隙处出现一张白净的脸，玻璃眼镜后面的那对眼睛紧盯着走廊。

当看清走廊上没有什么人时，她闪出房间来到走廊上。令人意外的是，这人不是黑天使而是岩濑早苗。

瞧！发型、眼镜、服装都与岩濑早苗相同，外套也是款式和颜色相同的短和服。再仔细看，似乎又不那么相似。

胸部比岩濑早苗稍隆出一点儿，个头稍高一点儿，虽在脸部化装上动了一番脑筋，但还是略有不同的感觉。

发型和眼镜与岩濑早苗的一模一样。但无论化装得怎样精致，脸部还是不可能与岩濑早苗一模一样。

是黑天使化装成岩濑早苗的模样。

可爱的岩濑早苗到底怎么啦？

不容置疑，歹徒的绑架计划已经实施，岩濑早苗已经落入魔掌。

无疑，歹徒肯定是黑天使！

黑天使把岩濑早苗带到24号房间，她的同伙事先埋伏在那里，准备了沾有麻醉剂的毛巾和用来装东西的大皮箱，等待岩濑早苗进入“口袋”。

“好，接下来全拜托你了！”

化装成岩濑早苗的黑天使一边关门一边轻声地说。从房间里传来男人回答的声音：“嗯，明白了，请放心。”

是山川健作的声音，他是黑天使的爪牙。

黑天使把一个鼓鼓囊囊的大包袱夹在腋下，尽量避开他人的视线沿楼梯上去。

来到岩濑庄兵卫房间门口，她稍稍停留了片刻，窥视房

间。房间里空无一人，岩濑庄兵卫还没有从大厅返回。

岩濑庄兵卫的房间里有沙发、躺椅、写字桌，紧挨着的是寝室、浴室兼洗手间，以及洗脸室。

黑天使一进入房间便急忙打开写字桌的抽屉，找到岩濑庄兵卫常服用的安眠药，从瓶里取出全部白色药片，换成形状和颜色完全相同的药片，盖上瓶盖后放回抽屉。接着，她走进寝室熄灭壁灯，打开床边柜上的台灯。

黑天使在卧室里稍稍犹豫了片刻，环视整个房间后按响床边的呼叫开关喊服务生。

少顷，传来敲门声，服务生走进卧室。

“请问客人有什么吩咐？”

“我父亲在下面大厅里，现在已是该睡觉的时间了，请你去把他喊来。”

她对服务生说。她与岩濑早苗的说话声音像得令人吃惊。

卧室里只亮着台灯，光线朦胧，她又脸朝下模糊得看不清楚，只能看见脸的侧面。唯岩濑早苗身上的衣服，非常清晰。

服务生点点头走出房间，不一会儿，传来慌慌张张的脚步声，岩濑庄兵卫发疯似的闯进房间。

“早苗，早苗，你怎么一个人在卧室里？你刚才不是和黑天使夫人在一起吗？”

岩濑庄兵卫看见女儿独自在房间里，拉大嗓门责备道。

卧室里光线昏暗，门口的岩濑庄兵卫只能看见她身上的衣服。这时，黑天使说话了，撒娇的声音比刚才对服务生说的还要像岩濑早苗。

“我有点儿不太舒服，刚才在楼梯口与夫人分手后，独自回到了房间。我这就上床睡觉，爸爸，你也该休息了。”

“不行！不管什么时候都不能让你单独待着。你忘了，到处是绑架你的流言蜚语？要是真发生意外了，那可怎么办？”

从岩濑庄兵卫的说话表情，丝毫没有怀疑与自己说话的女儿是假的。他坐在沙发上，朝着女儿的背影不停地嘟囔着。

“所以，我让服务生把爸爸请回来。”卧室里又传出娇嗲的声音来。

这时，明智小五郎也沿楼梯追了上来，急匆匆地闯进房间。

“你女儿已经睡了吗？”

“嗯，正要睡，现正在寝室里换衣服。”

“那，我也回自己房间了。”

明智小五郎一走，岩濑庄兵卫便把门锁上，然后伏在写字桌上开始写信。

须臾，他跟平时一样随手从抽屉里取出安眠药瓶，打开盖子将药放入嘴里，顺手拿起桌上盛有水的杯子凑到嘴边“咕咚”一声将药吞下，站起来走进卧室。

“早苗，怎么样？感觉好一点儿了吗？”岩濑庄兵卫边说边沿着床来到女儿的枕边。

“好了，好了，我现在困极了，想睡觉。”

装扮成岩濑早苗的黑天使慌张地答道，接着使劲儿掀开毯子，只露出灯光阴影里的半边脸，背对着岩濑庄兵卫，语气里夹着生气的口吻。

“哈哈……你今天好奇怪啊，怎么还生气？”

岩濑庄兵卫嘴上这样说，心里还是没半点儿怀疑。女儿心情不好，还是由着她吧，于是哼起小调，换上睡衣后赶紧躺到自己的床上。

黑天使换上的烈性安眠药，此刻发挥了效果，岩濑庄兵卫刚闭上眼睛就进入了梦乡。

陪　伴

明智小五郎一返回自己房间，就打开书看了起来。过了三十分钟左右，明智小五郎听到一阵急促的敲门声。

咚咚咚……

声音，来自隔壁岩濑庄兵卫房间的门。

“怎么啦？”明智小五郎开门问道。

“有岩濑君的加急电报，我怎么敲门，就是没有反应。”

“什么？你那样敲也不开门，肯定出什么事了。”

明智小五郎猛地感到不安起来，帮服务生一起“咚咚咚”地使劲儿敲门。

房间里终于传来岩濑庄兵卫睡梦中惊醒的声音，朝门外大声嚷道：“什么事？什么事？讨厌！”

“请开门，岩濑君，有你的加急电报。”明智小五郎放心了，大声答道。

咔嚓嚓……传来开锁的声音，门开了。

门内侧站着身穿睡衣的岩濑庄兵卫，右手不停地揉着惺忪的睡眼。

他从服务生手里接过电报，费了好长时间才看完。

“畜生！那家伙又在搞恶作剧！好不容易睡着，被这东西搅得……”

他打着响舌把电报递给了明智小五郎。

请注意！今晚十二点钟。

字不多，意思非常明了。

“今晚十二点钟，早苗小姐将遭到绑架。”岩濑庄兵卫解释说。

“岩濑小姐现在有情况吗？”明智小五郎猛然间紧张起来，脱口问道。

“没情况，非常好。她就睡在我隔壁，一切正常。”

岩濑庄兵卫跌跌撞撞地走到卧室门边，站在那里核实了一下躺在床上的女儿早苗，放心地说。

明智小五郎站在他身后也窥视了一下岩濑早苗的情况。这时，岩濑早苗好像刚转过身，脸朝着里面的墙，一副睡得很香的模样。

“最近因为发生了这种情况，早苗总是心事重重地睡不着觉，每天晚上和我一样，要服上几片安眠药才能入睡。

“这药还真管用，瞧，睡得多香啊！她今天晚上心情好像特别好，现在喊醒她未免太残忍了。别惊动她，让她好好睡上一觉！”

“窗关紧了吗？”

“没关系！白天我就上了插销。”

岩濑庄兵卫好像感到站着说话有点儿体力不支，边说边回到自己床上。

“明智大侦探，对不起你了！钥匙交给你保管，请把门锁上。”

他那表情，似乎锁门也是一桩累人的麻烦事。

“不，我还是在房间里待一段时间好。卧室和客厅之间的门最好开着，这样，你们即便睡着了也没关系，因为，我可以从这里看见窗那里的情况。

“如果谁砸坏玻璃潜入房间，我就会立刻察觉。只要注意到窗户的动静就可以了，因为，这房间里没有其他的门可以进出。”

明智小五郎对所有案件都是自始至终，尽心尽职。他决定一个人对付歹徒的绑架预告。

大侦探说完坐在客厅椅子上，点燃烟后全神贯注地注意着房间里的动静。

时间一分一秒地流逝，明智小五郎不时地站起身来打量卧室。

岩濑早苗依然是刚才的睡姿，岩濑庄兵卫则接连打着震耳欲聋的呼噜。

“怎么，您还没有上床休息？听说服务生送来了一份加急电报，害得我忐忑不安，忧心忡忡的，所以想来看看这儿的情况。”

突然，客厅门外好像站着一个人。明智小五郎赶紧转过身打开半掩着的门，发现站在门外走廊上的是黑天使。

“欢迎，欢迎，原来是夫人大驾光临。是的，刚才有一份可疑电报，是发给岩濑君的。可我在这里，那家伙就是有三头六臂也休想进这个房间。我彻夜不睡早已习惯了。托你的福，我不得不坐在这里担任保安。”

“怎么，那份威胁电报居然打到宾馆里？太神奇了！”

黑天使一边说，一边走到客厅里。

“早苗小姐好像已经睡着了。”

她轻声自言自语，关上房门走到明智小五郎跟前鞠躬行礼。

“是的，是的。”

明智小五郎好像在思索什么，敷衍了事地答道。

“早苗小姐的父亲也睡着了？”

“是的，是的。”

黑天使察觉到明智小五郎的回答是应付自己，便微笑起来。

“嘻嘻嘻……你的回答纯粹是应付我而已。怎么啦，又在考虑什么？你坐在这里保卫早苗小姐了，还担心什么？”

这时，明智小五郎似乎从沉睡中醒来，朝夫人望了一眼。

“夫人，你还在说刚才打赌的事？”

接着，明智小五郎不甘示弱，用充满嘲笑的口气说。

“你以为我失败了？你以为我在考虑小姐已经像歹徒说的那样遭到绑架了？告诉你吧，歹徒的绑架阴谋不可能得逞，你跟我打赌，最终也是以你的失败而告终。”

“哎呀呀呀，你扯哪里去了！我怎么会幸灾乐祸希望早苗小姐遭遇不幸呢。”

黑天使瞟了他一眼，进一步压低嗓音问道：“说心里话，我确实在为岩濑君捏一把汗。那电报里到底写些什么？”

“是说今天晚上十二点钟绑架早苗小姐。”

明智小五郎的话语里充满了不可思议的口吻，视线紧盯着黑天使的脸。

“还差三十分钟呢！”黑天使一边把视线移向壁炉桌面上的钟，一边对大侦探说，“那，你是打算在这里一直待到十二点？不觉得无聊吗？”

“不，不觉得无聊，相反，我觉得挺愉快的。如果我从事的不是侦探职业，是不会有这么充足的时间让我享受，尤其是这种戏剧性的享受。只要我在这里，早苗小姐就不会有情况，我也不会败给你。请吧，夫人，快回房间休息去，别客气！”

“啊呀，你这是瞎说。其实我比你愉快得多，这是我的心里话。女人一旦打赌就会寝食不安，一直要等到输赢揭晓为止。我待在这里也许会打扰您，但请允许我同您在一起，行吗？我只要能待在这里陪你就行了……”

“怎么，你又要打赌了……那好吧，请，你想怎样就怎样吧！”

就这样，明智小五郎与黑天使一起保卫卧室。

两个人面对面坐着，好长时间里谁也没有先开口。黑天使察觉到旁边桌上有一副扑克牌，便独自摆弄起来。片刻，她主动邀请说："明智大侦探，玩牌怎么样？决一胜负。"

消　失

在等待歹徒前来绑架的时间里，奇妙的两人扑克牌游戏开始了。寂静的夜晚，翻牌声和扔牌声在房间里轻轻地交替回荡着。

默默等待，会感到时间特别慢。幸亏有一副牌，不知不觉地临近了歹徒预告的绑架时间。

明智小五郎尽管在打牌，但眼睛没有离开过敞开着的卧室入口。作为歹徒能侵入的场所，除唯一的窗以外别无选择。然而，什么可疑动静也没有。

“好了，牌就玩到这里为止。”黑天使突然把手中的牌扔在桌上。

“瞧，距离十二点已经不到五分钟了。”

黑天使似乎已经没有心思继续玩牌，脸上露出焦急的神色。

明智小五郎一边洗牌，一边慢悠悠地主动邀请黑天使："来，再玩儿一回，还没有决出胜负呢！让我们在尽情地玩扑克中欢送十二点离开吧！"

"不行，不行，你太不把歹徒当一回事了。我刚才说了，歹徒肯定会按照事先的预告绑架岩濑早苗。再过一会儿，一定，现在……好像有什么……"黑天使的表情陡然间紧张起来。

"哈哈哈……夫人，别患上神经质哟！你说说看，歹徒究竟能从哪里潜入卧室？"

听了明智小五郎的这番话，黑天使不由得举起手指着客厅门。

"哦，你是担心那门？那好，我去把门锁上，以免夫人提心吊胆。"

明智小五郎站起来径直走到那里，从袋里取出代岩濑庄兵卫保管的门钥匙将门锁上。

"好了，只要歹徒不破门而入，就接近不了岩濑早苗的床边。正如您知道的那样，要进入卧室，必须先经过我们待的这个客厅。"

可是，黑天使似乎被鬼故事吓破了胆，这一回她举起手指着对面被昏暗灯光照得模模糊糊的窗户。

"什么，你是说那扇窗？歹徒从院子里架梯，爬窗潜入房间？那怎么可能？窗内侧早就上紧了插销。歹徒如果砸玻璃潜入卧室，我坐的这个位置可以一目了然。对了，到那时，就请你欣赏欣赏我这个神枪手的枪法。别担心，请相信我！”

明智小五郎一边说，一边“啪嗒啪嗒”地拍了几下右口袋让黑天使看。

口袋里放有一支微型手枪。

“你说早苗小姐身体不舒服可能是事实，可岩濑君为什么不起床？像这种非常时刻，他还呼呼大睡，是不是太麻痹大意了？”

黑天使敏捷地环视了一下卧室，不可思议地点点头。

“据说他俩每天晚上都服安眠药，否则睡不着觉。接连不断的绑架预告信，使他俩都患上了神经衰弱症。”

“啊哟，离十二点还差一分钟，明智大侦探，没关系吧？”黑天使实在坐不住了，猛地站起来大声嚷道。

“当然没关系，什么情况也不会发生。”

明智小五郎缓缓站起身，不可思议地望着异常激动的黑天使。

“还有二十秒！”

黑天使可疑的目光里闪烁着似乎快要燃烧的火焰，望着明智小五郎，用激动的口吻说。

美丽的黑天使，其实是怪盗黑蜥蜴，此时此刻正陶醉在迎接胜利的喜悦之中。因为，她向天下第一大侦探明智小五郎挑战，终于取得了胜利。

“夫人，你为什么要那么相信歹徒的本领？”明智小五郎的眼里射出锐利的目光。

令他感到迷惑的是，该怎样解释黑天使奇怪的表情和态度。

黑天使如此狂热和兴奋，到底是什么原因所致?

他暗自思索，两眼紧盯着黑天使。

“是的，我相信！也许你会笑着说那是小说里的空想。不过，刚才的时间里，可能有一个肉眼看不见的骑士，不知从哪里神不知鬼不觉地潜入卧室，趁美丽小姐熟睡时将她从这里带走了。这样的情景，一幕幕地浮现在我的眼前。”

“哈哈……”明智小五郎终于前仰后合地笑了。

“夫人，你瞧！你说这些不着边际的话的时候，时间已经过了十二点。咱俩之间的打赌，结果还是我赢了。现在，我可以领受你所有的宝石了吧？哈哈……”

“明智大侦探，您真以为自己赢了？”

黑天使突然冒出一句出乎明智小五郎意料的话。

鲜红的嘴唇猛地弯曲，慢慢地，慢慢地，故意张开嘴巴。

因为胜利的喜悦让黑天使竟然忘了贵妇人的尊严、冷静和礼仪。

“咦！照这么说，你……”

听她这么一说，明智小五郎的脸色唰地变了，脑袋里的敏感神经立刻明白了话里的真正含义。

“喂，早苗小姐是否遭到绑架，你还没有核实吧？”

黑天使又像炫耀自己那样，话中带刺地数落明智小五郎。

“早苗小姐果真像信中说的那样……”

没想到明智小五郎居然失去了自信，低下脑袋喃喃自语。宽阔的额头上，不停地渗出油一般的汗珠。

“你大概是想说她不就躺在床上睡觉吗？躺在床上的真是早苗小姐本人吗？万一被换成根本不相识的陌生小姐，你该怎么办？”

“会，会发生那种愚蠢的事吗？”

“你是想说绝对不会？”

明智小五郎打消了与夫人斗嘴的念头，但又被夫人的话给镇住了。刹那间，他猛地站起拔腿跑向卧室，使劲儿拽住熟睡的岩濑庄兵卫的手臂，打算喊他起来。

“什，什么事？发生什么了？”

岩濑庄兵卫没有在做梦也没有幻觉，一直在惦记女儿早苗和担心那份电报，赶紧从床上爬起来，惊慌失措地问道。

“快起来看一下小姐！睡在那床上的果真是你女儿吗？肯定没弄错？”

“你，你慌什么呀？那当然是我女儿啦！瞧，那不是早苗，怎么……”

说到这里，岩濑庄兵卫猛地顿住了，似乎明白了什么，瞪大眼睛紧盯着女儿后脑勺上的头发……

“早苗！早苗！”

他从床上坐起，歇斯底里地大声叫嚷着女儿的名字。

但没有回音。他一把掀开身上的盖被，哆哆嗦嗦地走到女儿床边，打算拽住女儿的肩膀用力摇晃。

当岩濑庄兵卫的手触及岩濑早苗肩上时，被子猛地凹陷下去，变得高低不平乱七八糟的。

“明智大侦探，我们上当了！上当了！”

岩濑庄兵卫嘴里又是叫又是嚷的，癫狂的模样简直无法形容。

“怎么回事？睡在床上的真不是你女儿？”

“你看！那根本就不是人，我上当了！我傻到了极点，一直蒙在鼓里。”

明智小五郎和黑天使急急忙忙地跑过去仔细一看，那果然不是人。

一直觉得裸露在外的是岩濑早苗的脑袋，结果居然是木偶脑袋，就是玩具店里常见的大脑袋玩具。

这个木偶脑袋上的发型与岩濑早苗相似，身体部分是用垫被制作的，盖毯从脚上一直盖到下巴上面，伪装岩濑早苗熟睡的模样。

智　胜

所谓木偶脑袋，无疑是歹徒设计的圈套，而且是哄骗孩子的把戏。

不仅岩濑庄兵卫上当受骗，就连明智小五郎也没看出丝毫破绽，直愣愣地呆坐在那里。

设计这一圈套的歹徒到底是谁？读者肯定清楚，正是披着人皮的黑天使。

她化装成岩濑早苗走进卧室，背朝着岩濑庄兵卫的床睡觉。岩濑庄兵卫坐在桌前写信，吞服安眠药后刚上床闭上眼睛，药性发作，他就昏昏沉沉地睡着了。

黑天使见状赶紧起床，把木偶脑袋与垫被伪装成岩濑早苗的睡觉模样，盖上毛毯后，蹑手蹑脚地溜回自己的房间。

黑天使潜入岩濑庄兵卫房间的时候，腋下曾夹着一个包袱。其实那里面装的就是木偶脑袋。这，各位读者应该记得。

明智小五郎没有说话，默默地站立在床前。长期的侦探生活里，还不曾有过这样的尴尬境遇，居然被如此愚蠢的诡计骗了。此刻，他无法面对百般信赖自己的岩濑庄兵卫。

“明智大侦探，我把女儿交给你保护，是相信你能使她平安无事。可万万没想到，女儿却在你的眼皮底下消失了。你是怎么履行职责的？就这么随意对待我的委托？别呆站着，快把她找来。

“看来，靠你个人的力量是不够的，眼下，我们只有借助警方的力量……是啊，最值得信赖的还是警察。快，快去向警方报案。喂，你还愣着干什么？难道还得我亲自打电话给警方？”

岩濑庄兵卫由于女儿突如其来的失踪，急得越说越激动，唾沫四溅，竟然忘了绅士风度，语言变得粗鲁起来，蛮横无理地指责明智小五郎，接着，三步并作两步地跑到电话机旁边。

“请等一下打电话！现在这时候就是发再大的火也是白搭，也不可能捕获绑架早苗小姐的歹徒。根据分析，歹徒是一小时前绑架早苗小姐的。”

明智小五郎使劲儿克制住自己的情绪劝阻岩濑庄兵卫，同时，脑中不断思考着歹徒是怎样实施这起绑架案的。

“我可以断言，在我进入客厅到现在这段时间里，绝对没有任何可疑情况。绑架是电报送达前发生的，绝对不可能在其他时间段里发生。那份电报不是绑架预告，而是乔装打扮已经实施完毕的绑架案，制造深夜十二点发生的假象，把我们的注意力引向你的房间，而歹徒则利用这个时间逃到了安全地带。”

“哈哈……对，对不起，我终于忍不住笑出声来。被誉为日本第一大侦探的明智小五郎，居然在房间里充当木偶脑袋的保镖，还足足保卫了漫长的一个小时。想到这里，我实在忍不住了。”

黑天使不顾及场合也不顾及明智小五郎的面子，大放厥词。

她现在是完完全全的胜利者，抑制不住内心的激动。

明智小五郎硬着头皮，耐心听完她冷嘲热讽的数落。虽然与黑天使的打赌自己败下阵来，但他内心并不服输，觉得完全有希望反败为胜。在案情还没有彻底弄清楚的时候，自己绝不能言败。

“像这样干等，是不可能把我女儿等回来的，必须设法营救。”

岩濑庄兵卫听完黑天使毫无同情心的数落，像热锅上的蚂蚁坐也不是站也不是，语言变得更粗暴了。

“明智君，我这就给警方打电话，你不会再说不行了吧？你别再阻拦了！”

岩濑庄兵卫没等明智小五郎回答便朝客厅走去，正要抓起电话听筒的时候，电话铃声响了，仿佛事先约好似的，丁零零零……

他打了一个响舌，无可奈何地抓起听筒靠近耳朵，大声呵斥无辜的总机小姐。片刻，他冲着明智小五郎大声吼道：

“喂，明智君，是你的电话！”

明智小五郎见岩濑庄兵卫喊自己，赶快跑到电话机旁一把夺过听筒。

到底是什么紧急电话？明智小五郎与对方交谈了好一会儿。

“二十分？不行！十五分，不，不，那也太迟了。十分钟，十分钟一定要赶到。我只等十分钟，一言为定！”

明智小五郎像扔似的，咔嚓一声把听筒放在电话机上。

“你自己的事情办完了，该打电话给警方了吧？快打！”

气得直打哆嗦的岩濑庄兵卫，叉开双腿站在明智小五郎跟前，用讽刺的口吻命令道。

“别那么急着给警方打电话，还是先让我静下心来思考一下。我觉得自己的思维方法有错。”

明智小五郎似乎根本没把气急败坏的岩濑庄兵卫的话放在心上，而是站在电话机跟前陷入了沉思。

“明智君，难道你不打算考虑我女儿失踪的事情？你是想撒手不管了是吗？当初接受我委托时，你不是答应得很干脆的吗？”

岩濑庄兵卫见明智小五郎的态度如此冷漠，不由得怒火中烧。

“哈哈……岩濑君，您女儿的事情，明智先生现在可没那闲工夫考虑！”

也不知是什么时候来到客厅的，黑天使又出现在明智小五郎的跟前。皮笑肉不笑的，但声音似乎在摇晃着整个客厅。

“什么？你说什么？”

“明智大侦探在思考什么？岩濑君，让我猜一下，一定是和我打赌的那件事……什么？是那样吧？我说是这么回事吧？哈哈……”

岩濑庄兵卫目瞪口呆，不时地望着黑天使的脸。

可恶的黑天使，直到现在还充满了对明智小五郎的敌意，不仅目中无人，还以胜利者的姿态紧缠着明智小五郎，大声嘲笑：“岩濑君，你大概还不清楚吧？明智大侦探与我打过赌，他下的赌注是侦探职业。也就是说，他一旦失败就永远不再干侦探这一行。现在，他的失败已经成了定局，就像和尚头上的虱子——明摆着的。瞧他现在万般痛苦的模样，确实，像这样的抉择是很伤心的。我没有说错吧，明智君？”

“不对，实际情况并非你说的那样。我痛苦，是因为我在为你感到可怜。”

“什么？你说我可怜？好笑！为什么？”

黑天使不解地追问。

两个人唇枪舌剑的争辩，竟然使岩濑庄兵卫把女儿失踪的事忘得一干二净，茫然观望和比较着他俩脸上的表情。

两个人的目光里都充满了敌意，怒目圆睁。

明智小五郎的目光深处闪现出不可思议的微笑，慢慢地布满了整个脸。

“那……是因为输赌注的不是我，是夫人你！听清楚我说的意思了吗？”

明智小五郎慢吞吞地说，语气里充满了得意。

“你，你说什么？那么为失败感到惋惜……”

“为失败感到惋惜？原来是那意思。”

明智小五郎高兴得脸上堆满了笑容，喃喃自语道。

“是的，是的，是为失败感到惋惜，没抓住歹徒，还在不紧不慢地调侃狡辩。你不是为失败感到惋惜又是为什么？”

“那么，夫人，你是想说我放跑了歹徒？那怎么可能？我是绝对不会干有悖于职业道德的事。告诉你吧，我已经抓住那个犯罪嫌疑人了。”

听明智小五郎这么一说，黑天使猛地怔住了。大侦探正是由于刚才的失望和慌乱，反而急中生智，突然间发现了什么。

“哈哈哈……这太有趣了！明智大侦探，你真会开玩笑。”

“怎么，你觉得我是开玩笑？”

“是的，你除了开玩笑还会有……”

“那么，我给你看不是开玩笑的证据好吗？是啊，例如……是啊，你朋友山川健作离开宾馆去哪里了？如果我知道他的去向，你觉得如何？”

黑天使被明智小五郎这么一说，顿时脸色唰的一下变了，变得像一张白纸，两条腿不由得颤抖起来。

“怎么样，山川健作那家伙购买了去名古屋的火车票，却在途中下了车，请说说为什么？他也在我们住的这家宾馆投宿，这难道是巧合吗？还有，山川健作特意提着一口大箱子上车，又提着它下车来到我们这家宾馆。请问，那口大箱子里究竟装着什么？这情况倘若我清楚，你该怎么回答？”

“胡说八道！胡说八道！”

黑天使刚才还一直炯炯有神的视线，猛地移向天花板，目光变得呆滞起来，嘴里有气无力地重复着。

“我胡说八道？你不知道刚才的电话是谁打来的，还想瞒天过海。好吧，就跟你打开天窗说亮话吧！刚才任你耍弄哄笑，是因为我在等一个重要电话。

“早苗小姐已经被强行从这家宾馆带到别的地方。这情况，我在宾馆内外布控的部下绝不会看错。

“我吩咐过部下，只要觉得可疑，都得悄悄跟踪上去，进行详细调查。”

接着，明智小五郎像核实自己说话的效果那样，不急也不躁地望着黑天使的脸继续往下说。

“听明白了吗？那个电话，我是望眼欲穿的！果然，最后获得胜利的是我！你失败的原因，是因为你错误地估计我是独往独来的光杆侦探。夫人，你该按照事先说好的，把你的所有宝石统统交给我。哈哈……”

明智小五郎发自内心地笑了。眼下，怪盗与神探的角色互换，来了个一百八十度的大转弯。

人　证

品尝胜利滋味的快乐，从黑天使转到了明智小五郎身上。明智小五郎的脸上，得意扬扬。

大侦探不打算开怀大笑，但最终还是没有克制住。他笑容满面，紧盯着垂头丧气的失败者——黑天使的脸。

黑天使也不是好惹的，不动声色地忍受着来自明智小五郎的嘲笑讽刺。

她在绞尽脑汁，企图金蝉脱壳摆脱困境。

“那，把早苗小姐换回来不就得了！恭喜你获胜。那，山川君怎么啦？”

黑天使使劲儿不让说话的声音颤抖，装作漫不经心的模样问道。

“遗憾的是，山川那家伙跑得比兔子还要快，被他逃走了。”

“什么，什么，歹徒逃走了？”

黑天使脸上露出放心的神色，好像松了一口气。

“谢谢，谢谢。明智大侦探，我一点儿也不知道你刚才说的过程和情况，过分激动，错怪了你，说了许多不堪入耳的话，实在对不起，请原谅。你好像说过抓住歹徒了，可你又说被歹徒逃走了。是这样说的吧？”

一直站在旁边全神贯注听着他俩对话的岩濑庄兵卫，听到这里，糟糕的心情顷刻间轻松了，黯然的眼神变得有了光彩，一边微笑一边问道。

“不，不是那么回事。山川那家伙不是这起事件的主犯，我刚才说抓住犯罪嫌疑人绝不是信口胡说。岩濑君，我是说我抓住了这起事件的主犯。”

明智小五郎的这番话，使黑天使骤然变得面如土色，脸上的表情变得可怕起来，宛如被穷追猛打的野兽欲伺机摆脱。

她东张西望，环视周围，逃走只有门口一条路。可是，门早已被明智小五郎锁上了。

“那么，你说的主犯在哪里？”岩濑庄兵卫没有察觉出，仍然一个劲儿地傻问。

“就在这房间里，也就在我们面前。”明智小五郎直截了当地说。

“什么，在我们面前？可房间里除了你、贵妇人和我没第四个人呀！”

岩濑庄兵卫还是没有察觉出，扫视整个房间。

“这个黑天使就是绑架案的主犯，一个丧心病狂的女人。早苗小姐就是被她绑架的。”

房间里突然肃静起来，足足十几秒钟时间里，连呼吸声也听不见了。

三个人各自抱着不同的想法，互相盯着对方，呆呆站在原地。

不一会儿，死一般的宁静被女人的声音打破了。女人，就是被明智小五郎说成绑架案主犯的黑天使。

“我说，明智大侦探简直是一派胡言。山川到底做了什么，我怎么知道？他做的事怎么能扯到我的身上？再说，我也只是和他认识而已，说得再确切一点儿，我只是介绍他入住这家宾馆，仅此而已。明智先生已经多次说自己失败了，现在又出尔反尔，简直不像大侦探。要真是那样……”

黑天使竭尽全力做最后挣扎。

说时迟那时快，传来咚咚咚的敲门声。

明智小五郎听到这声音，仿佛等来了盼望已久的救星，赶紧跑过去用钥匙打开门锁。

“夫人，你再百般抵赖也为时已晚，不可抵赖的证人给你带来了。怎么，你还打算在早苗小姐面前装疯卖傻？”

明智小五郎的这番话，像一把直刺中黑天使心窝的尖刀。

这当口，门外侧出现了明智小五郎的助手小林芳雄。紧挨着他身旁的，是脸色苍白的岩濑早苗。站在他俩身后的，是身穿制服的警官。

黑天使已经上天无路入地无门，陷入连警官在内的四个男子的包围圈。

但这个外号叫黑蜥蜴的怪盗，脸上却丝毫没有绝望的表情。

猛然间，黑天使青一块白一块的脸上局部变红了，朝着周围蔓延，满脸凶神恶煞的表情。也不知想到了什么奇怪的事情，她莫名其妙地大声狂笑。

“嘿，嘿，嘿……”

黑天使身处无路可逃的境地，居然临危不惧！

要逃走只有一条路，就是唯一通向走廊的那道门。但是，门口被刚才赶到的小林芳雄他们堵得严严实实的。

除了门还有唯一的窗，但也被关得死死的。

退一步说，即便黑天使跳窗逃走，可这是二楼房间的窗，再说窗下面是院子，而院子四周都是建筑。

黑天使到底打算怎样逃走?

“无聊！别装模作样了！”明智小五郎说这番话时，语气里略带点儿怜悯。

黑天使开口说话了：“嘿……今天晚上的这出戏就这样结束了？大家听我说，天下第一大侦探明智小五郎，我错误地估计他是光杆侦探，没有助手也没有部下。不管怎么说，这一回算我失败了，我把对手估计得太简单了。失败我认了，你们打算怎么处置我？是想抓我？大侦探，请认真想一下，也请回忆一下，你难道没有惨败过？喂，怎么样？不小心的时候，你难道没掉过什么吗？嘻嘻嘻……”

脱　壳

黑天使说这番话的目的到底是什么？

明智小五郎为了抓住黑天使绞尽脑汁，与她周旋。

他一想到这里，无疑喜形于色，陶醉在胜利的喜悦之中。

但过分陶醉，也许使大侦探忘乎所以，掉以轻心。根据黑天使脸上的表情判断，她似乎还没有彻底认输。

尽管处境极其不利，可她一刻也没停止过逃跑的设想。

突然，一种冒险的想法闪现在她的脑海里。

她一改刚才战战兢兢的表情，嘲笑起明智小五郎来："喂，你到底什么打算？打算抓我？嘻嘻嘻……我刚才不是说了吗，你的想法太过于天真，我这话你忘了？"

黑天使说的这番话，明智小五郎不知是听见还是没有听见，他没有搭理，朝站在门口的警官说："警官，女歹徒交你们带回警视厅。去把她抓起来！她是绑架案主犯。”

还不清楚绑架案过程的警官，听说这么漂亮、高贵的黑天使是绑架案嫌犯，不由得惊呆了，茫然不知所措。

可说话的人是侦查科最信得过的明智小五郎，他便按明智侦探的吩咐朝黑天使靠近。

这时，黑天使歇斯底里的笑声充满整个房间，似乎阻止了警官的行动。

“明智大侦探，请摸一下你右边的口袋。哈哈哈……不会是鼓鼓的吧？哈哈……”

明智小五郎吃了一惊，不由自主地把手伸向口袋。

不见了！放在口袋里的勃朗宁手枪不翼而飞了。

黑天使的盗窃手腕，还真是又敏捷又隐蔽。刚才卧室里出现辩论高潮的时候，黑天使神不知鬼不觉地从明智小五郎口袋里盗走了手枪。

“哈哈哈……明智大侦探，不研究小偷的手法可是要吃大亏的哟！你正在寻找的东西，瞧！在我这里！”

黑天使的脸上浮现出阴险的笑容，从胸前掏出那支手枪攥在手里。

“都听我的命令，把手举起来！否则，将是什么样的结果，我不说你们也该明白。我的打靶成绩是百步穿杨，远远超过明智大侦探，并且，我从来不把人的生命当一回事！”

正要大步上前打算将手铐戴在黑天使手腕的警官，进退维谷。这种关键时刻，除警官外谁也没有带枪。

再说警官还没来得及掏枪，黑天使已经把枪攥在手里，已经摆出随时可以射击的架势。

“听到了吗？快举起手来！再不举手的话……”

黑天使杀气腾腾，燃烧般的目光扫向大家，枪口对准四个男子。

那扣在扳机上又白又嫩的食指，似乎带点儿颤抖，眼看就要用力按下去了。

见黑天使涨红了脸，眼睛里充满杀机，大家都不约而同地举起了手。

黑天使这般表情，酷似杀人不眨眼的恶魔。

警官、明智小五郎、小林芳雄以及岩濑庄兵卫，站成一排，个个都是高举双手的动作。

黑天使见状，宛如爬行神速的蜥蜴，“嗖”地一下溜到门边。

“明智大侦探，这是你第二次失败，瞧！”

话音刚落，她把空着的左手转到背后，手握住在灯光下明晃晃的钥匙。刚才，明智小五郎开门的时候，忘记把插在锁眼里的钥匙收起来。

握有百分之九十胜利的明智小五郎，由于高兴和匆忙而忘了取下钥匙。

黑天使钻了这一空子，使自己转危为安，掌握了主动权。

明智小五郎没想到形势急转直下，面对败局遗憾之至，后悔莫及。

“还有，小姐！”

黑天使毫不费力地打开房门，脚跨到走廊上，手中的枪却始终朝着四个人的胸膛，嘴里粗暴地朝岩濑早苗直嚷嚷。

“这么多人中间，我就觉得你实在可怜。你出生在日本第一宝石大王的家里是一种不幸。你长得亭亭玉立，完全胜过仙女。

“我嗜好宝石，可比起宝石，还是喜欢你美丽的身体，可以说爱不释手。喂，明智大侦探，听到我刚才列举的优点了吗？告诉你，绑架早苗小姐的决定，我是不会改变的。

“下回我一定把她带走，我说到做到。就说到这里，再见！”

砰！门被关上了，紧接着传来黑天使在门外给门上锁的声音。

岩濑早苗和四个大男人被黑天使锁在房间里，成了笼中之鸟。钥匙只有一把，被她带走了。现在若想出去，要么把门砸坏，要么从二楼窗户跳下去，无其他路可走，好在房间里有电话可以与外部取得联系。

明智小五郎在黑天使离开的同时，赶紧朝电话机那里跑去。

“喂，喂，我是明智侦探，明白了吗？有紧急情况，有紧急情况！立即守住宾馆所有出口。那个，那个黑天使，对，就是那个穿黑衣服的女人，她正在往外逃窜，你们一定要抓住她。

“什么？不，她是要犯！对，黑天使是重大案件的首犯！不管发生什么，绝不能让她出逃。还有，快通知宾馆总经理和保安部负责人，听明白了吗？情况十万火急！

“嗯，嗯，还有，快通知服务生把岩濑君房间的备用钥匙带来，把房门打开，十万火急，快！”

打完电话，明智小五郎一刻不停地在房间里转来转去，回想刚才发生的事，悔恨交加。突然，他把电话听筒抓在手里。

“喂，喂，已经通知了吗？对，宾馆总经理和保安部负责人那里。好，只要通知了就行，谢谢。还有，快把备用钥匙让服务生拿来开门。”

接着，他又转向岩濑庄兵卫说：“这家宾馆的总机小姐办事利索，已经通知了保安部，所有出口都已经被保安人员严密把守。黑天使就是长着翅膀，我看也出不了大门。从这里到楼梯口有相当距离，下完楼梯到大门口也有很长的一段路。现在，整个宾馆的人都已经知道黑天使的情况了。”

尽管明智小五郎已迅速布控，但结果还是落空了。

黑天使飞也似的下到楼梯底层，出乎意料的是，她没有朝大门口走去，而是回到底层自己的房间。

三分钟过去了，又是三分钟过去了。

黑天使的房门开了，走出来的不再是黑天使，而是一名气度非凡的青年。

头戴时髦的帽子，身着流行的格纹西装，鼻梁上架着金丝边眼镜，浓浓的黑胡子，左手臂上搭着风衣。

黑天使的化装手法可谓巧夺天工，虽是女扮男装，但看不出一丝破绽，像神奇的大魔术师。化装用的服装、胡子、帽子和假发等道具是事先准备好的，放在旅行箱里以随时使用。

更令人吃惊的是，她还把大量宝石一颗不落地装在西装口袋里。扮作青年人的黑天使径直来到走廊转弯角稍作停留，选择究竟走正门还是后门。

这时，明智小五郎他们也已经从岩濑庄兵卫的房间里出来下到一楼。

考虑到黑天使不可能从正门出逃，便把守正门的任务交给总经理，他们自己则分兵把守后门周围。

不料，化装成青年的黑天使挺起胸脯，故意弄出鞋跟响声，大摇大摆地从正门离开了宾馆。

正门那里，总经理带了三个服务生把守。他们高度警惕，仔细辨认从正门出去的人中间是否有黑衣装束的女子。对象既然是黑天使，他们只注意女客人，对于出门的男客人不屑一顾。

像这样的大型宾馆，每天有近百位旅客退房和入住，要全部记住他们每张脸，不是一件易事。

就宾馆来说，即便在门口布控注视每一个进出的客人，但又不能做得太明显，以免给客人不愉快的感觉，只能小心翼翼，以礼相待。

当化装成青年的黑天使经过门口时，他们鞠躬行礼，还和蔼地说："实在对不起，让您受惊了！"

青年走过正门台阶，一边散步一边嘴里吹着口哨，走到门外。

沿宾馆外墙刚走几步，遇上一位站着抽烟的男子。

青年朝男子笑了笑，似乎想起了什么，猛地朝男子旁边走去。

“喂，你不就是明智大侦探的部下吗？还傻乎乎地待在这里干什么？宾馆里现在人山人海，听说抓住了那个叫黑天使的女子。你应该去帮忙才是，快去！”

“你大概认错人了吧？我不认识你说的明智大侦探。”

男子回答得非常谨慎，可他没有怀疑青年是黑天使化装的。男子还是听信了黑天使的话，还没等她走远，便箭一般地朝宾馆里飞奔而去。

黑天使听到脚步声立刻转过身来，目送着男子的背影直至消失，高兴得再也按捺不住了，捧腹大笑起来。

“哈哈哈……”刺耳的笑声里充满了恐怖。

跟　踪

眼看归属于明智小五郎的胜利果实，转眼间被黑天使摘走了，宛如煮熟的鸭子飞了。

好在岩濑早苗平安回到了岩濑庄兵卫的身边，明智小五郎担任岩濑早苗保镖的任务算是出色完成了。

在岩濑庄兵卫看来，只要女儿平安无事，比什么都高兴。

关于这起绑架未遂事件，静下心来仔细分析，导致岩濑早苗落入黑天使魔掌的主要责任者，应该是岩濑庄兵卫。

他没能识破黑天使的伪装，还信以为真。更荒唐的是，睡在床上的他居然辨认不出对面床上的木偶脑袋，还放心地呼呼睡大觉。总之，都是他的过错。

岩濑庄兵卫明白这一切，打心眼儿里佩服使女儿重新回到自己身边的明智小五郎，赞叹他的火眼金睛和高超的侦查技术，还一个劲儿地表示感谢。

可对于明智小五郎来说，并没有因为岩濑早苗的失而复得而满足。一想到根本不是对手的年轻女子，居然能堂而皇之地从自己面前溜之大吉，他就懊恼不已。

尤其听到布控在宾馆周围的部下报告说，黑天使化装逃走了，更让他气得咬牙切齿，竟忘了自己的绅士风度，大声训斥部下。

“岩濑君，这回我算是彻底输了。手法高明的歹徒把我的来龙去脉调查得清清楚楚，而我丝毫没察觉到她会是歹徒，真不可思议。我没把她当一回事，是失败的根本原因。但是，我绝不会重蹈覆辙。岩濑君，要是再碰上这家伙，我以我的侦探职业向你保证，一定抓住她，绝不让她再次绑架你女儿的阴谋得逞。有我在，早苗小姐就不会有遭绑架的危险。这，我向你保证。”

明智小五郎决心已定，向岩濑庄兵卫立下军令状。

视危险人物黑天使为眼中钉的明智小五郎，发誓要将她绳之以法。

不管追捕途中多么危险，不管对手多么狡猾，也要兑现自己的诺言。

明智小五郎发誓要抓住黑天使，郑重其事地向岩濑庄兵卫许下承诺，究竟能否兑现和取得最终胜利呢?

一旦重蹈覆辙，明智小五郎的赫赫声名将一落千丈，彻底断送自己视为生命的侦探事业。

第二天，岩濑庄兵卫带着岩濑早苗返回大阪住宅。虽说还有许多业务没有了结，但焦躁不安的心情使他一天也不愿意在东京多待下去。

他归心似箭，深知只有当脚跨入自家门槛才能安下心来。一路上他忧心忡忡，心急如焚，盼望着家门尽快出现在眼前。

明智小五郎赞同岩濑庄兵卫回大阪，与来时一样一路护送。从宾馆到车站的出租车和驶往大阪的列车里，再从大阪车站到岩濑庄兵卫住宅的出租车里，都由明智小五郎随车担任贴身保镖。

黑天使的魔爪究竟会伸多远，明智小五郎也说不上来，只能走一步算一步，处处小心谨慎才是。

黑天使逃离时曾向明智大侦探表示，下回一定要成功绑架岩濑早苗。无疑，黑天使还会再次出现。

岩濑早苗周围的人极度紧张，高度警惕。也许黑天使无暇在途中设卡绑架，一路上一行人非常顺利，安全抵达大阪的住宅。

为避免岩濑早苗再遭绑架，明智小五郎决定住在岩濑庄兵卫家里。几天过去了，没什么可疑的情况发生。

一天晚上，一个年轻女子在大阪市内的闹市S大街上悠闲散步。

她不时眺望道路两侧的商店和沿街橱窗，仿佛在消磨时间。女子身着非常合身的皮外套，衣领和袖口上露出内衬的皮毛，显得十分华贵。

女子脚穿高跟鞋，漂亮的脸蛋很匹配她那匀称的身材和阔绰打扮。她漫步在这条街上，非常引人注目。

究竟是什么原因使她闷闷不乐？瞧脸上，似乎流露出自暴自弃的神情。

在距离年轻女子身后三四米的地方，有一个男子似乎在尾随跟踪。

他头戴茶色帽子，身着赭色大衣，鼻梁上架着宽边眼镜。尽管头发和胡子已经花白，可脸上红光满面。总之，是一个令人生畏的绅士。

年轻女子好像也察觉到绅士模样的人在跟踪自己，但并没打算甩掉“尾巴”，不时地把橱窗玻璃反光当镜子，饶有兴趣地眺望跟踪她的老人。

明亮的S大街的转弯角上，有一条光线暗淡的小巷。这里有一家闻名遐迩的咖啡店，咖啡又香又醇。

年轻女子突然想起了什么，转过脸正面望了一眼跟踪自己的绅士，走进咖啡店，挑选了一个由盆景遮挡的角落座位坐下。

年轻女子不知在考虑什么，向服务生要了两杯咖啡，一杯是为自己点的，另一杯是为绅士点的。她非常自信，老绅士肯定跟着自己来到了咖啡馆。

果然不出所料，老绅士站在咖啡馆门口朝整个店堂环视。当发现年轻女子坐在角落座位时，他若无其事地朝年轻女子跟前走去。

“对不起，请问小姐是一个人吗？”

绅士主动搭讪，还没等对方回答，他已经毫不客气地坐在年轻女子对面。

“喂，大叔，我猜你一定会跟着进来，已经为你点了一杯咖啡。”

年轻女子并没把跟踪自己的可疑绅士放在眼里，直率地说。

没想到老绅士踌躇了片刻后嘻嘻笑了，正面端详起年轻女子的脸来，接着冒冒失失地说道：“怎么，你失业了？”

老绅士这么一问，年轻女子顿时吃惊了，脸一红，结结巴巴地说道：“咦，你怎么知道的？你是谁？我怎么不认识你？”

“哈哈……我是一个你素不相识的老人！可我对你的情况一清二楚。比如你的名字叫樱山叶子，是关西商事有限公司的打字员。

“你为了一点儿鸡毛蒜皮的事情与上司争吵，结果今天被公司解雇了。哈哈……怎么样，我说得没错吧？”

“嗯，是的。你好像是侦探？”

樱山叶子一脸惊讶，不知如何是好。没想到老人对自己的情况那么清楚，简直无法忍受，她抬起头来用锐利的目光扫了老人一眼。

“别急，我还知道你的一些情况，你今天下午三点离开公司后到现在还没回家，也还没见过你的亲朋好友，只是漫无目标地满街游荡。请问，你接下来有什么打算？”

看来，老人什么都清楚。无疑，从下午三点樱山叶子离开公司起到现在，他一直尾随着。他想干什么，为什么把知道的情况一一抖搂出来？

“你问这干什么？”年轻女子脸上露出淡淡的笑容。

“哈哈……我没干什么，只是问问你往后怎么打算。对不起，听我说下去好吗？你两小时前去过一家药店买了什么药品。怎么，你以为我不知道？”

老绅士朝前探出上半身，显示出什么都知道的神情，紧盯着樱山叶子。

“哈哈……这，我什么都没买，噢，对了，我买了安眠药。”

樱山叶子打开小皮包取出两盒安眠药放在桌上，让老绅士看个明白。

孪　　生

“你年纪轻轻的，患有失眠症？是睡不着？没想到你有那种病……”

“你感到奇怪？你以为我会自杀？”

“不，不是的。像你这样年轻女子的心态，我不是丝毫捉摸不出。像你这样岁数的年轻人，常常会出现我们老人难以理解的变态心理。

“一旦碰到挫折或不称心的事，并且觉得走投无路的时候，会想到死是一种美，而产生一死了之的念头……其实，不管什么难关都是能克服的。你应该抱有这样的人生信念才是。

“自暴自弃，突然冒出轻生的念头，是年轻人的通病。你整个下午漫无目标地东荡西游，又买安眠药，就是属于这种通病的症状。”

樱山叶子显得不耐烦起来："哦，那，你到底想说什么？干脆直截了当地说吧！"

"不，不是那回事，我是想把你从困境里拯救出来。"

"哈哈……果然是这样，我一直在想肯定是那么回事。谢谢，我也确实想请你拯救！"年轻女子开玩笑地说，觉得有趣。

"我是认真的，同你商量是想雇用你，怎么样？同意我雇用你吗？"

"什么？你这话当真？"

樱山叶子好像终于明白了老人的心思，表情变得认真起来。

"当然是真的啰！我从不撒谎。不过，想问一下你在关西商事那家公司工作时……对不起，每月工资是多少？"

"二十万日元……"

"那好，我给的工资比那家公司多一倍，也就是四十万日元。除此之外，你的住房、餐费和服装等全由我包了。至于工作内容嘛，你只要玩就可以了。"

"哈哈……是吗？太好了！不是开玩笑吧？"

"哦，我可不会开玩笑！这里有一点儿复杂的原因。雇主还觉得报酬太少呢。是啊，请问你有父母亲吗？"

"没有。如果他们健在，我也不会这样孤独烦恼，好在已经习惯了……"

"怎么，现在……"

"是，家里就我一个。"

“那，好，好，我们现在已经达成协议了。你就这样跟着我走。关于你住的公寓，等一下再说。”

奇怪！像在这种场合谈这样的事，不管谁遇上都不会马上同意。

但是，樱山叶子当时在考虑自杀。在充满绝望的时候，通常会产生冒险的念头。终于，她经不住老绅士的诱惑，同意了。

老绅士走出咖啡馆喊了一辆出租车，与年轻女子一起坐车沿着大街转了几个弯后，停在郊外一家十分破旧的烟店门口。

老绅士带着年轻女子来到烟店二楼，一个约十平方米的榻榻米房间，灯光很暗，角落里放着小梳妆台和箱子。

老人的举动虽然让人觉得可疑，但刚才在出租车里他对樱山叶子即将承担的工作内容进行了详细说明，因此，她也就放心了。

不仅如此，樱山叶子还对自己的工作进行了种种美好的想象。

“那，就按照刚才说的做，拜托你了！先换衣服，这是重要条件之一。”

老绅士从箱子里取出适合樱山叶子年龄穿的漂亮和服，还有腰带、长衬衣、毛皮围巾、黑大衣等等。总之，穿戴和服饰一样不缺。

“镜子太小，很难照出全身，请凑合着用吧！快换上！”

说完，老绅士下楼去了。

樱山叶子按老绅士的吩咐开始换衣服。那模样，似乎还不曾穿过如此高贵的服装。不一会儿，这些高价服饰全都裹在了樱山叶子的身上了。

这时，樱山叶子由于兴奋，脸美丽得像绽开的花朵。

“太漂亮了，太漂亮了！像是为你量身定做的，太合身了。”

也不知什么时候，老绅士出现在楼上，紧盯着年轻女子美丽的背影。

“穿上这身服装，发型好像不配。”樱山叶子照着镜子不好意思地说。

“原来是这么回事！我早已经替你准备好了哟！瞧，就是这个！请你必须戴上它。”

老人说完从刚才的箱子里取出一件白布包裹的东西，解开后，里面出现了一只漂亮的假发套。

老绅士走到樱山叶子跟前，熟练地将发套戴在叶子小姐的头上。镜子里的樱山叶子变得更美了，仿佛自己烫的就是这种发型。

“是的，是的，接下来……是一副眼镜，有一点儿度数，戴着可能有点不适，但是，请克服一下。”

老绅士接下来取出的，是一副女士的眼镜。樱山叶子二话没说，毫不犹豫地将它架在鼻梁上。

“好了，剩下时间已经不多了，现在就出门，约定的时间是十点。”

老绅士一个劲儿地催促，樱山叶子急忙把换下的衣服卷在一起放到箱子里，走下楼梯。

离开店铺稍稍走了一会儿，路边停有一辆出租车，与刚才那辆出租车不同，是高级轿车。司机长得很帅，与老绅士好像很熟悉，亲热地攀谈起来。

坐上出租车后，根据老绅士指定的地点，车嗖地驶离路边箭一般开走了。沿着灯火通明的大街转了几道弯，不一会儿朝郊外风驰电掣地驶去。

“时间来得及吗？”司机转过脸问老绅士。

“嗯，差不多，约定时间是十点。喂，熄灭车灯！”

司机按了一下开关，车前车后的夜间照明灯忽地灭了。没了灯光，漆黑的轿车在漆黑的夜里向前飞驰。

片刻，轿车减速，沿着一幢大型住宅的水泥围墙外侧缓缓行驶。借助六七米前昏暗的路灯灯光，只能稍稍辨清路面和周围的情况。

“喂，叶子小姐，请准备好！动作要敏捷，要敏捷，记住了吗？”

老绅士此刻像竞技场上的教练员，声音铿锵有力。

“是，明白了。”

樱山叶子对老绅士不可思议的指示没来得及多想，精神抖擞地答道。

突然，车停了，好像是停在别墅的常用门前。与此同时，车外侧不知是谁将车门打开。

“快！”

就这么一个字，声音很轻。

樱山叶子没有吱声，一骨碌下了车，按照事先说的朝小门那里疾跑。于是，从小门里也跑出一个人影，险些同樱山叶子撞个满怀。这人像猴子似的，灵活地钻入樱山叶子刚才坐的那辆车里。

樱山叶子借助朦胧光线朝那人看了一眼，不由得吃了一惊，是一个与自己模样相同的女子。

猛然间，她感觉自己来到了腾云驾雾般的梦幻世界。

竟然是一对孪生姐妹！一个从小门里出来，一个朝小门里进去。

两个人的发型和装束完全相同，连长相也完全相同。

人世间，难道有不是一母同胞而长相如此相同的两个人吗？

樱山叶子顿感坠入了万丈深渊，莫名的恐惧像电流传遍了全身。

车载着那个从小门里出来的年轻女子，连招呼也不打就嗖地驶离路边，像一股黑色的旋风，按照来的路线，无声无息地消失在夜幕里。

“好了，请到这里来！”

当樱山叶子猛地清醒过来时，耳边传来轻轻的说话声，那个刚才开车门的男子正站在自己旁边。

魔　爪

岩濑别墅坐落在南海电车沿线的H小镇上，那里是大阪南边郊外。最近，围绕着这座别墅的水泥围墙上端，插满了玻璃碎片，防止盗贼侵入。

“怎么啦，岩濑别墅的围墙上……他又没有仇人，为什么要担心？”

附近人们路过时望着尽是锋口的玻璃碎片，不解地相互议论。

然而，岩濑庄兵卫家的变化不光是围墙。别墅街上有一幢住宅的主人变了，原来是岩濑宝石店的营业员，现在换成当地警署的一个警察。据说，该警察有一手好剑法。

院子里竖起许多柱子，柱子顶上装有照明灯，灯光如同白昼。

建筑物所有的窗户外侧，都装上了结实的铁栅栏防盗网，除一直住在这里的几个寄宿生外，还增加了两个身体强壮的青年，整日手持棍棒。

岩濑别墅虽小，但却像个城堡。

为什么要这样防范？目的是什么？不用说，是为了防备黑天使绑架岩濑早苗。

岩濑早苗是岩濑庄兵卫唯一的女儿，也是他的掌上明珠。近来，女儿周围笼罩着恐怖，随时可能遭到绑架。

住在东京宾馆那段时间里，由于明智小五郎担任保镖，才使遭绑架的岩濑早苗重新返回父亲身边。

但歹徒并没有就此罢休，还扬言一定要绑架岩濑早苗。如果歹徒真要那么做，也许早已潜入大阪市内，或许早已埋伏在别墅周围。

黑天使的作案手法，如同魔术师手里变幻莫测的魔术。东京的一连串大案都是她所为，市民们无人不知无人不晓。岩濑庄兵卫再怎么小心，结果多半也是防不胜防。

岩濑早苗从东京返回大阪后变得更可怜了，整天被关在最里面的房间。窗外侧是新制作的铁栅栏防盗网，简直像牢房，前面紧挨着的那个房间里，住着最宠岩濑早苗的奶奶。

再前面那个房间，住着明智小五郎。从东京返回大阪后，他就一直待在这房间。再外围的房间住着好几个用人，不分昼夜地保护岩濑早苗。

岩濑早苗被关在房间里，从早到晚不能迈出门槛一步。有时候她实在受不了，吵着要去院子散步，这种时候，必须由明智小五郎或者寄宿生陪伴。

岩濑早苗开始变得沉默寡言，闷闷不乐，常常独自一人思考着什么，就连见到父母亲也只当没看见。

尽管黑天使魔术手法相当高超，但面对壁垒森严的岩濑别墅，无疑也不敢轻举妄动。

也许是这个缘故，岩濑早苗回家已经半个月了，一点儿也没有黑天使入侵绑架的征兆。

“我至少患有轻度恐慌症。那家伙威胁我也许是说说而已，或许得知别墅内外戒备森严不敢动真格的了。”

渐渐地，岩濑庄兵卫不再重视黑天使的那番话，开始替岩濑早苗着想起来：

“太可怜了！早苗一定很痛苦！我的小心谨慎也许太过分了，平时喜欢运动的早苗却被我每天关禁闭，待在只有十几平方米的房间里。一向胆小的早苗，性格将会变得更加懦弱。最近，早苗似乎换了一个人，脸色苍白，整天默默无言。我不管说什么，她不仅不搭理，甚至连脸也不朝着我。再这样下去，万一得什么病可就麻烦了。无论如何得设法改变她糟透的心情。”

这时，岩濑庄兵卫想出一个好办法，想起客厅里刚做好的家具。

“对，是的！她看了这崭新的家具一定会兴奋的。”

这套家具是一个月前向家具公司定做的，家具款式是早苗小姐选定的。

岩濑庄兵卫觉得自己想出的是一个绝妙的主意，立刻赶到岩濑早苗的房间。

“早苗，家具公司把你选定的那套家具送来了，在客厅里，很气派。怎么样，去看看？一会儿到客厅，你会有耳目一新的感觉。”

岩濑庄兵卫一推开门就拉大嗓门嚷道。靠在桌边椅子上的岩濑早苗吓了一跳，赶紧转过脸来，可瞬间又变成神情沮丧的模样，慢吞吞地说：“是吗？不过……我，现在……”

岩濑早苗似乎根本不感兴趣，无精打采地说。

“喂，你别那样垂头丧气地跟我说话！好了，快去看一下。妈妈，妈妈，我向你借一下早苗，马上就送她回来。”

岩濑庄兵卫大声关照隔壁房间的母亲，拽着对家具不感兴趣的岩濑早苗朝客厅走。

紧挨着奶奶房间的是明智小五郎的房间，可房门大开，房间里没有明智小五郎的影子。

今天，明智小五郎有一件大案必须亲自去，出门后至今还没有返回。

明智小五郎出门的时候一一叮嘱过大家，要求岩濑庄兵卫别出门，还要求用人们的视线别离开岩濑早苗的房间。

不一会儿，岩濑早苗跟在父亲身后磨磨蹭蹭地来到客厅。

“怎么样？这家具是不是太高级了？”岩濑庄兵卫坐在其中一把新椅子上问道。

椭圆形大桌周围，有沙发、有躺椅、有妇女专用椅子，还有木制椅子等，不仅各具特色，而且相得益彰。

“哎呀，太漂亮了！我太高兴了！”

半个月来一直不爱说话的岩濑早苗，终于开口了。

她小心翼翼地坐在旁边的长沙发上。

“好像硬了一点儿，与以往见过的长沙发，坐上去的感觉好像不太一样。”

“刚做的家具肯定有一点儿硬的感觉，慢慢就会习惯，就会有柔软的感觉。”

如果当时的岩濑庄兵卫注意岩濑早苗说的话，并且也试坐一下长沙发，就会产生与岩濑早苗同样的感觉，就会对长沙发产生怀疑。

坐在长沙发上，完全是另外一种感觉。岩濑早苗没有继续说下去，而岩濑庄兵卫则仍然坐在刚才的椅子上，也没有要站起来的迹象，根本没把岩濑早苗的话放在心上。

这时，用人推开房门叫岩濑庄兵卫接电话，好像是大阪宝石商店打来的，有关业务上的事情。

岩濑庄兵卫听说店里打来电话，赶紧出门接电话，可他离开时没忘记关照寄宿生重点保卫岩濑早苗：“喂，你们谁来一下，早苗在客厅里，一定要给我严加注意！快去，给我看好客厅门。”

主人一声命令，两个寄宿生赶紧走出自己房间到客厅门前的走廊上站岗。像这样的保卫，无论谁不经过寄宿生面前，是不可能进入客厅的。

客厅朝着院子的墙上有好几扇窗户，窗外都装有铁栅栏防盗网。

从院子，从走廊，都不可能进入客厅。

岩濑庄兵卫当然清楚这情况，由于要去接电话，也就把岩濑早苗单独留在了客厅里。

根据电话内容，岩濑庄兵卫必须立即去大阪宝石店，有一笔大买卖需要他去拍板。于是，他匆匆换上出门西装，夫人和用人送他到门口。

“请保护好早苗！她在客厅里欣赏新家具，我已经让寄宿生把守客厅门。不过，你还是亲自去客厅，一步也不要离开早苗。”岩濑庄兵卫站在大门口关照夫人。

夫人送他上了自家的轿车后便朝客厅走去，打算去看看女儿早苗。一来到走廊，就看见两个寄宿生像卫兵那样站在门前走廊上。

此刻，客厅里传来近来很少听见的岩濑早苗弹奏的钢琴乐曲，尽管弹奏得不是很认真，但钢琴声比任何乐器声都动听。

“啊，太难得了！早苗在弹钢琴，虽说没有发挥出最佳水平，但终于想起弹钢琴了，一定是心情舒畅的缘故。她能有这番好心情实在是太难得了，想干什么就让她干什么吧。这是一个好兆头，别惊动她。”

夫人半个多月来悬在半空中的心似乎终于落到实处，高兴得心花怒放。

“可怜的早苗，总算恢复到以往的状态了。”

夫人暗自在心里嘀咕，随后踮起脚尖不声不响地离开了客厅外的走廊。临走时，一再叮嘱两个寄宿生不要让任何陌生人进入客厅。

父亲离开客厅后，岩濑早苗独自比较着每把椅子的坐感，又站起来走到窗前眺望窗外的风景。

少顷，她坐到钢琴前面的琴凳上，轻轻打开琴盖按了几下琴键，发出叮叮咚咚清脆悦耳的琴声，刹那间，岩濑早苗的心情变得轻松、愉快起来。

岩濑早苗一开始弹奏的是童谣曲，接着弹奏歌剧里的乐曲。

她像淘气孩子胡乱地按动着琴键。弹着弹着，似乎感到厌倦了，腾地站起来打算返回卧室。

这时，岩濑早苗冷不防发现背后有个可怕的影子，吓得她连气也不敢出，浑身直打哆嗦。

原本只有岩濑早苗独自一人的客厅，可不知什么时候，也不知从哪里，竟钻出一个人来，叉开两腿神气活现地站在她的背后。突如其来的变化，使得岩濑早苗的脑子里一片空白。

窗外装有铁栅栏防盗网，走廊上站有两个寄宿生，按理说，外面人绝对不可能进入客厅。客厅里的钢琴、椅子和桌子等家具背后，也根本没有可以藏人的空间，再说椅子和桌子底下也没有人。

落地窗帘背后几乎没有什么空间，也不可能藏人，甚至连只猫也没有过。可眼下伫立在岩濑早苗身后的，确实是一个人，还是一个五大三粗的男人。

蓬乱的头发，满脸的黑胡子，贪婪的目光，身上的西服布满了褶皱，还十分肮脏，简直是不管谁见了都会恶心的家伙。

这男子到底是谁？他从哪里潜入客厅的？不用说，这家伙一定是黑天使的爪牙。

黑天使扬言将再次绑架岩濑早苗，看来并不是随便说说而已。为兑现诺言，她把魔爪从东京伸到了大阪的岩濑别墅。

黑天使长时间耐心等待，是想等到岩濑家人放松警惕的时候出其不意。

能够突破铁栅栏防盗网和寄宿生组合的防线进入客厅，并且突然间出现在岩濑早苗身后，不能不说黑天使的神出鬼没。

“嘘……不准出声！你放心，我不会撒野，对我们来说，你非常重要。”歹徒声音低沉，恫吓岩濑早苗。

可怜的岩濑早苗早已吓得魂飞魄散，犹如被老鹰紧紧盯住的小鸟，目光呆滞，身体僵硬得像雕塑。别说晃动四肢，就连声音也堵在了喉咙口。

歹徒见状扑哧冷笑了一声，一阵风似的靠近岩濑早苗背后，迅速从袋里取出一块布蒙在她的嘴和鼻子上。

刹那间，岩濑早苗呼吸困难起来，极力扭动纤弱的身体企图挣脱。

但任凭她怎么使劲儿也敌不过对手铁钳般的臂力，越是挣脱，越是被对方紧紧按住，终于筋疲力尽不再动弹了。就像被粘在蜘蛛网上的蜻蜓，无法拍打美丽的翅膀，任蜘蛛摆布。

被蒙在嘴和鼻子上的布，浸泡过麻醉剂。渐渐地，岩濑早苗失去了知觉，腿酥脚软地倒在地上。

歹徒见岩濑早苗完全失去意识，脸上浮现出了得意的笑容。

失　踪

客厅里的钢琴声消失了大约三十分钟，就是不见岩濑早苗出来。客厅里不再有响声和琴声，死一般寂静。

“咦，小姐在客厅里待的时间太长了，该回自己卧室了，可是……”

“嗯，是啊，客厅里静得出奇！奇怪！奇怪！”

站在客厅门外走廊上保卫的两个寄宿生，忍不住悄悄议论起来。

这时，岩濑早苗的奶奶也感到客厅里好长时间没有琴声和响声，便朝客厅走来欲让孙女返回自己房间。

“早苗还在客厅里吗？她爸和她在一起吧？”

奶奶不知道儿子岩濑庄兵卫已经外出，向两个寄宿生打听。

“没有在一起，岩濑先生接到宝石店打来的电话就出门去市中心了。”

“哦，原来是这么回事。那，客厅里就早苗一个人？那可不行。”

奶奶连连摇晃着脑袋，宛如流动摊贩晃动手中的货郎鼓。

“奶奶，为了保护早苗小姐，我们从她进去到现在一直站在这里，已经很长时间了，就是不见早苗小姐从里面出来。客厅里已经半个多小时没有琴声和响声，静悄悄的，我们总觉得有点儿不正常。”

“那，我进去看一下。”

奶奶径直走到客厅门前转动把手，推开门刚跨入一步，猛地转身退到走廊上，又使尽力气关上刚打开的房门，脸色苍白，嘴唇直哆嗦。

“糟，糟糕！你俩都进去！沙发上躺着一个懒洋洋的家伙，就是没有早苗的影子。这到底是怎么回事？你俩先进去抓住那个令人恶心的脏家伙。”

两个寄宿生听奶奶这么一说，仿佛被灌了迷魂汤，瞠目结舌地望着她那张白纸般的脸。

奶奶今天怎么啦？神经好像也有点儿不正常？

两个寄宿生不约而同地这么想着，可奶奶脸上的表情一本正经，不像精神异常。于是，两个人使出全身力气推开房门冲入客厅。

果然有一个浑身肮脏的男子，似乎在长沙发上躺了好长时间了。

两个寄宿生不由得停住脚步，面面相觑。

满脸黑胡子，脏兮兮的西服，一副叫花子模样。这家伙似乎睡得很香，不停地发出熟睡的鼾声。

“喂，你是谁？”

一个正在学习柔道的寄宿生大喝一声，大胆拽住歹徒肩膀，使出全身力气摇晃。

“哇，糟啦！这家伙喝得酩酊大醉！瞧，刚买来的长沙发上有呕吐物。”寄宿生捏住鼻子直往后退。

这家伙确实烂醉如泥，脸色苍白得像死人，长沙发边上躺着一只空的威士忌酒瓶。

但是，歹徒即便在客厅里喝了酒，也不可能醉得这么快。可两个寄宿生慌慌张张的，根本没有思考，再说也没有时间思考。

被不停摇晃的醉鬼终于微微睁开眼睛，伸出舌头沿着嘴唇周围舔了一圈，慢吞吞地爬起来。

“对不起，我是一个根本不会喝酒的人，哎！难受，难受极了！”

从男子脸上的神情和他说话的口吻，似乎把客厅错当成了酒店，唠唠叨叨地乱说一通。

“喂，浑蛋！你当这里是什么地方？我问你，是怎么闯进来的？快说！”

“什么？你问我是怎么进来的？瞧，这不是明摆着的诱惑吗？这里有……有好酒，难道你……你不知道？嘻嘻嘻……”

“讨厌！你先回答我的问题，早苗小姐到哪里去了？怎么

不见小姐的人影？你究竟在这里鬼鬼祟祟地干了些什么？”

另一个寄宿生站在旁边插话问道。

他们找遍了客厅，就是不见岩濑早苗的身影，她仿佛变成空气消失了。偌大的客厅里，除了这个身份不明的醉汉外，连一只老鼠都没有见着。

不可思议！短短三十分钟的时间里，美丽可爱的岩濑早苗难道魔术般的变成了浑身肮脏的醉汉？

若不是魔术，就绝不可能发生这么戏剧性的变化。但不管怎么思索，这是一起无法解释的突变事件。

两个寄宿生抓住醉汉，不停地重复着同样的提问。而醉汉的回答却漫无边际，像梦中呓语，颠三倒四，语无伦次，听不懂究竟表达什么意思。

“喂，你是什么时候进来的？这里，原先是早苗小姐一个人。喂，你把小姐藏到哪里去了？喂，你肯定看见小姐的。快说！说得清楚一点儿！”

“什么？美丽小姐？我在这里压根儿就没见过什么小姐。快，请你们快去把她带到这里来！啊！那么漂亮的小姐，我真想拜见拜见！快，快去把她接来，或者把她拽来。啊哈哈哈……”

寄宿生无论怎么拽还是摇他的肩膀，这男子好像没有一点儿疼痛感，只是一个劲儿地傻笑。

“干脆别问他了，赶快把他交给警察审讯。喂，快去给警方打电话！瞧，再不把这家伙拽出去，整个客厅就会到处都是呕吐物。呸！怪味刺鼻，太难闻了！”

岩濑夫人听婆婆说了客厅情况，大吃一惊，立刻赶来。可一到门口听说像叫花子似的人在呕吐，原打算进客厅看个究竟的她，顿时迟疑起来。

患有洁癖且有点儿神经质的夫人，特别害怕脏东西。她站在门口战战兢兢地窥视客厅，凑到门口的寄宿生耳朵跟前说："对，按你说的办！快去把警察喊来！喂，快去与警察取得联系……"

片刻，正在附近巡逻的警官迅速来到客厅，两个寄宿生赶紧把臭不可闻的醉鬼交给警官。

两位警官提着枪，把那个男子拽走了。客厅里，那张被弄得满是呕吐物的长沙发，脏得让人见了直想吐。

"唉！还是刚送来的新沙发，就被弄得一塌糊涂，太可惜了！"奶奶皱着眉头，站在远处直嘀咕。

"瞧！这里还有一条很大的口子。怎么回事？新沙发被弄成这样，看了真让人不好受。那家伙大概还带了刀，沙发布被割得七零八落的。"

"还是尽快把脏沙发搬出去！你们两个谁去给家具公司打电话，请他们立即派人把这张脏沙发搬走，再按照原样做一张新沙发送来。"

岩濑夫人无法忍受脏沙发继续留在客厅里，越快弄走它越好。

好不容易打发走了肮脏的醉鬼，大家总算松了一口气，这才想起了岩濑早苗。于是，有人立即打电话给岩濑庄兵卫通报了这一情况。

也有人知道明智小五郎的去向，给他挂了电话，请他迅速返回大阪。

与此同时，大家分头在别墅里寻找岩濑早苗。

当地警署派来三名警官，加上两名寄宿生和其他用人，以客厅为中心搜寻。

接着又在岩濑早苗的卧室、楼上、楼下和庭院搜寻，从廊子底下找到天花板夹层，凡可以寻找的地方都搜遍了，就是不见岩濑早苗的影子，仿佛化作蒸汽从客厅里消失了。

大家茫然不知所措，呆呆地伫立着。

沙　　发

这起闹剧发生后过去了两个小时，接到紧急电话从市中心赶回来的岩濑庄兵卫和从出差地迅速赶回来的明智小五郎，聚集在岩濑别墅的客厅里，心急火燎地商量寻找岩濑早苗的办法。

两个人商量了半晌。坐在一旁的岩濑夫人神色木然。

在走廊上站岗的两个寄宿生，被明智小五郎喊到客厅里问话。

“责任全在我身上，是我麻痹大意所致。”明智小五郎把责任揽在自己身上，不停地自责。

“不，这不是你的责任，早苗失踪的责任完全在于我。近半个月来，早苗一直闷闷不乐，连话都不愿意说，我觉得太委屈她了，便带她来到客厅。谁知公司里有急事找我，便扔下她外出了。完全是我粗心大意所致。”

“不，我也有责任，原以为有两个寄宿生在就行了。要是我一直待在早苗身边，也许就不会导致这样的结果，主要责任应该由我负。”岩濑夫人也在自责。

“现在，自责和追究责任都已经失去了意义。目前最主要的任务，我们必须分析早苗小姐到底是什么时候离开客厅的，或者说是什么时候遭到绑架的。这两点，我们应该尽快弄明白。”

明智小五郎赶快结束毫无意义的话题，切入正题。

“对，明智先生说得对。我想了许久，就是找不到早苗失踪的症结……喂，仓田君，你俩有没有中途离开过门口走廊？早苗分明是从客厅出去的，你俩怎么会一点儿也没有察觉？到底是怎么回事？”

岩濑庄兵卫越说越激动，大发雷霆。两个寄宿生终于忍耐不住了，开始反驳他毫无根据的指责。

那个叫仓田的寄宿生，挺起脖子，粗着嗓门，态度变得强硬起来：“岩濑先生，我们一直站在客厅门口的走廊上，根本就没离开过，并且是瞪大眼睛把守着。倘若小姐从客厅里出来去其他房间，肯定在我俩面前经过，再说我们是两个人，不可能都没有看见小姐。”

“你这是为了推卸责任的诡辩。那好，我问你们，早苗分明在客厅里，为什么不见了？快回答我！难道早苗用她纤嫩的手拆下防盗网跳楼逃走了？喂，快回答！是不是防盗网上有折断的痕迹？”

岩濑庄兵卫越说火气越大，声音也越来越响，脖子上暴起一根根青筋。终于，他说出的话越来越不堪入耳。

两个寄宿生并不服气他的无端责备，继续辩解说：“不，别说防盗网上的钢管，就连玻璃窗都没有被移动过，还有金属插销也没有被卸过。”

“那不是明摆着的事吗？早苗失踪，是你们两个臭小子的责任。”

“岩濑君，别忙着下结论。他俩好像真没有看见早苗小姐从客厅出去。如果有人经过走廊，不光早苗小姐，应该还有那个醉鬼。要进入客厅只有这道门，再怎么不注意，可他俩站的位置是客厅门口，不可能察觉不到先后两个人从他们眼皮底下神不知鬼不觉地通过。你一再责怪他俩，从客观上也不太合乎情理。”

明智小五郎经过慎重思考，一板一眼地说。

“你说得也有道理。我说的那种情况按理不该发生，可事实上发生了呀！”

岩濑庄兵卫开始与明智小五郎抬起杠来，心情变得更加浮躁。明智小五郎似乎根本没听他说，接着自己刚才的话题继续说：“铁栅栏防盗网没有遭到破坏，两个寄宿生也没离开过客厅门口的走廊。照这么说，结论只有一个，根本没有人进出过客厅。”

“哼！那怎么可能！你是不是想说，早苗像妖怪那样变成了醉汉？请别开这种无聊的玩笑！我女儿早苗，我是看着她长大的，总不见得她是妖怪化身吧？”

“岩濑君，你让早苗小姐欣赏刚送来的新家具，包括那些新椅子，还有沙发是吗？请问，那些椅子和沙发是今天运来的吗？”

“是的。你出门后不久，家具公司便派车和搬运工送来了。”

“如果真是这样，那就奇怪了。椅子和沙发送来了，早苗小姐却遭绑架了，这两者之间，你难道不觉得有什么必然联系吗？我总觉得……”

明智小五郎说到这里眯起眼睛，陷入沉思。片刻，他猛地扬起脸说了一句意思暧昧的话：“难道是‘人沙发’？难道，侦探推理作家的空想果真成了现实？”

他一边说一边站起来，神情异常兴奋，既不同大家打招呼告别，也不吭声，而是迈着大步朝放家具的客厅走去。

大家被明智小五郎离奇的举动惊呆了，相互间直愣愣地对视。

这时，突然传来大侦探跑步返回的脚步声，刚才去客厅时急匆匆，返回时又是急匆匆，还传来他的吼叫声。

“喂，长沙发搬到哪里去了？怎么不在客厅里？”

“别嚷，别嚷，明智大侦探，那沙发随便怎么处置我都不在乎。这种廉价的家具，想要多少就能买多少。我现在满脑子装的是早苗。”

岩濑庄兵卫的声音好像比明智小五郎的还要大，但语气比较温和，似乎在安慰明智小五郎。这时，明智小五郎回到客厅里。

他没有坐到椅子上，而是叉开双腿站着，嘴里重复着刚才的话。

“我想知道沙发去向，到底搬哪里去了？只要明白它的去向……”

一个寄宿生答道：“是这样的，刚才家具公司来了几个人，我把沙发交给他们带走了。沙发上到处是醉汉的呕吐物，还被割了一个大口子，夫人要求家具公司迅速把那张沙发搬走，换一张新沙发送来，所以……”

“夫人，真有那回事？”

“是的，沙发被醉汉弄得实在不像样，我要求尽快搬走它。”

岩濑夫人心平气和地答道，丝毫没有感觉到自己的决定有什么错误。

“真是那样？你做了一件让我为难的事情。眼下，脏沙发是木已成舟取不回来了……是啊，也许是我的错觉。岩濑君，借用一下你家电话。”

明智小五郎不停地念叨着，像个神经错乱的患者，眼睛朝着天花板。突然，他左手拎起听筒，右手拨通了对方电话。

“喂喂，是家具公司吗？我是岩濑家的，刚才你们家具公司派人把长沙发取走了，现在，长沙发是否到达贵公司了？”

“是，是，您要求我公司去贵府取沙发，可由于别的事耽搁了，实在对不起。现在，我公司立即派人去贵府取沙发，请原谅。”电话那头答道。

“什么？你说什么？你们现在来我家取沙发？喂，喂，你们没弄错吧？刚才，我们已经把沙发交给贵公司派来的人运走了。”明智小五郎握着听筒大声吼叫。

“怎么可能，你说的根本不可能，我公司还没有派人去贵府呢……”

“喂，你是家具公司负责人吧？请仔细调查后准确告诉我。你们公司已经来人取走了长沙发，你可能不清楚。”

“不，那怎么可能。你打电话委托我公司把沙发搬走的时候，离现在也没多少时间，再说我还没有通知部下呢。这情况，除了我不可能有第二个人知道。”

一听到这里，明智小五郎啪地挂断电话，猛地站起身好像要朝什么地方跑去。转眼间，他似乎又想起了什么，拿起听筒拨通当地警署的电话。

明智小五郎自入住岩濑庄兵卫家那天开始，就与当地警署的刑事侦查主任取得了联系。因此，对方一听说是明智小五郎，赶紧通知主任接电话。

“我是明智，刚才被押送到你们警署的那个醉汉，在岩濑君家那张新沙发上不仅睡过，还弄得客厅里到处是呕吐物。那张沙发被盗用家具公司名义的几个歹徒装上卡车，不知运到什么地方去了。

“请你们赶紧安排警力设法把那几个家伙抓回来。可是，他们到底朝什么方向去的，我也不清楚。因此，请你们报告市警署在各交通要道立即设卡盘查……

“对，对，是那张长沙发，里面有人。不，我怎么会开玩笑？我是在说正经事……对，对，是那样的，除了分析沙发没有第二条路。好，拜托你了哟！我觉得我的判断不会有错，对，事后我再详细向你叙述。总之，请尽快安排警力，并请尽快通知市警署设卡盘查。好，不多说了，拜托了！”

明智小五郎说完正要挂断电话，不料，电话那边传来急促的声音，要他别挂断电话，有其他事情要相告。一听这话，明智小五郎不由得紧张起来。

“什，什么？那家伙逃走了？真的吗……那家伙太狡猾了，装作醉汉使那些看守警官放松了警惕……什么？唉！事到如今也无可奈何。看来，醉汉就是装疯卖傻的歹徒。

“对，肯定是黑天使的爪牙，伪装得真巧妙。什么？还没有抓住他？嗯，请你们想方设法一定要将他捉拿归案。

“这是一起人命关天的案件……对，拜托你的是两件事，一是抓住醉汉，二是截获那张长沙发……好，等会儿见！”

啪！明智小五郎挂断电话。

与此同时，他像建筑物倒塌似的一屁股坐在椅子上。

周围的人没有一个漏听的，被明智小五郎对着电话说的那番话给吸引住了。终于，大家明白了他刚才的奇怪言行和举动。

“明智先生，你和对方在电话里交谈的情况，我大致明白了。你的判断不会有错，我从心底里佩服你超常的思维和锐利的侦查目光。说实话，我也被歹徒狗胆包天的绑架招数惊呆了。

“那个扮作醉汉的歹徒，原来是躲在设有机关的长沙发里。歹徒把这张长沙发与家具公司那张长沙发巧妙地调换了，使设有机关的长沙发大摇大摆地进了我家的客厅。

“是这么回事吧？家具搬来只过了一会儿，我便带着早苗来到客厅，随后，我有急事去了公司，客厅里只留下早苗一人。

“于是，躲在长沙发里的歹徒出现了，悄悄地将早苗……可是，明智大侦探，那家伙不会杀害早苗吧？”

岩濑庄兵卫说到这里，对自己说的话不由得感到胆怯起来，担心地望着明智小五郎。

“嗯，不会杀害早苗小姐。在东京宾馆时，我已经清楚对方的意图，黑天使是要活的岩濑早苗。”

明智小五郎爽快地回答了岩濑庄兵卫的问题，希望大家放心。

“嗯，确实是那么一回事。我也是这么想的……失去知觉的早苗被藏在歹徒自己隐蔽过的长沙发下边的机关里，被关上盖子。再接着是……对，对，可以称得上是大魔术。这家伙躺在长沙发上装作酩酊大醉的模样，还真有一手。”

“这推理合乎逻辑。这下可好，岩濑君也成了不比黑天使夫人逊色的空想家了。关于这点，我想的跟你一样。

“黑天使令人咋舌的绑架招数，就在于她把看似不可能的空想和圈套，若无其事地大胆付诸实践。这回她实施的招数，像小孩子看的侦探故事。

“最近，有位小说家写了一部《人沙发》小说。小说里的坏蛋藏在沙发下面的机关里，干了许多卑鄙的勾当。当然，小说作家头脑里想象得近似于空想的东西，现在却被黑天使搬到了现实生活里进行犯罪实践。

“装作醉汉的脏家伙，也是从小说移植到现实生活里的。黑天使事先制作了这样的长沙发，与家具公司的长沙发进行调换后，让醉汉藏在机关里潜入作案现场。其实，欧洲的一些古代小说里也有类似的故事。所以说，这也只不过是黑天使孤注一掷的模仿而已。”

“那，听你在电话里问对方情况时，冒充醉汉的家伙好像从警方的拘留所里逃走了？”

“是的，逃走了。醉汉也好，长沙发也好，都像故事里说的那样不翼而飞了。”

明智小五郎说到这里笑出了声，但他立刻止住笑，一本正经地继续说：“岩濑君，你还记得我曾在东京宾馆里对你许下的诺言吗？我绝不会忘记！请放心！即使拼命，也要救出早苗小姐将她归还给你。这样的闹剧，绝不允许它再现！请相信我！黑天使耍的是一些哄骗小孩的魔术而已，根本不是我的对手。我现在的心情之所以能迅速平静下来，因为，我完全有信心、有能力战胜她。”

明智小五郎说完，脸上露出充满自信的微笑。

岩濑夫妇和两个寄宿生，不约而同地望着发自内心微笑的明智小五郎。

通　知

日本第一宝石商人岩濑庄兵卫的千金遭绑架。

第二天，各新闻媒体纷纷在头版头条刊登或播送了这起案件。

岩濑早苗去向不明仅一天时间，消息已经传遍整个日本。当地警署全力以赴侦查，大阪警方抽调警力积极配合，寻找岩濑早苗的下落。

这起奇怪失踪案的发生，无论家具市场和家具橱窗里的长沙发，还是各车站家具仓库里的长沙发，市民们都持怀疑目光。

一些患有神经质的人，对自己家里的长沙发也抱有恐惧感，担心沙发下面有机关，不经过核实绝对不坐上去。

案件发生后整整过去了一个昼夜，可“人沙发”的搜索还是没有下文。

岩濑早苗现在究竟是死是活，无人知晓。她像烟雾，忽然间从这个世界消失了。岩濑夫妇整日唉声叹气，女儿早苗的失踪，让他俩伤心不已。说到责任，两人都有过失，无法相互责怪。

尽管如此，夫妇俩还是因过分的悲伤和愤怒，胡乱指责周围的用人和两个寄宿生，最后居然发展到怪罪明智大侦探的外出。

明智小五郎明白他俩此刻的心情，也后悔不已，深感自己不该在非常情况下外出。岩濑早苗绑架案的发生，自己也负有不可推卸的责任。

在过去的侦探生涯里，他还未曾落入如此被动的境遇。

虽然岩濑夫妇对他的信任大打折扣，可他不在乎不急躁，似乎胸有成竹，或者说在企盼什么。

“岩濑君，请相信我！我一定把早苗小姐平平安安地找回来。尽管她在对方手里，但他们不会伤害她。相反，还会把她当作宝贝供养，视她比歹徒自己的性命还要重。他们这样做是有其理由的，因此，您二位大可不必怪这怪那。”明智小五郎不停地安慰岩濑君夫妇。

“明智大侦探，你说把早苗找回来，可她现在到底在哪里你知道吗？难道你清楚她现在住的地方？”岩濑庄兵卫变得不耐烦了，话里带刺地责问明智小五郎。

“是的，说我清楚她住的地方也可以。”明智小五郎针锋相对地答道。

“嗯，那，那你为什么不去把早苗带回来？从昨天开始，你一直在寻求警察帮助，自己却无所事事，是不是在等待着警方给你送回早苗？如果你真知道早苗被软禁的地方，就应该立刻把她找回来！如果不知道，请你赶快抓紧时间制订营救方案。”

“不，我需要等待。”

“等待？你等什么？”

“等黑天使预告通知。”

“通知？这就奇怪了！黑天使难道还特地通知你早苗在什么地方？还通知你把她带回来？”

岩濑庄兵卫不再顾及明智小五郎的面子，连珠炮似的发问，语气生硬，还不时地拱起鼻子嘿嘿冷笑。

“嗯，是的，”大侦探并不在意对方的过激措辞，依然面带微笑，心平气和地答道，“黑天使的通知说不定就是这样：喂，快来把早苗带回去。”

“什么？亏你说得出口！无论如何，黑天使不可能那么做……明智大侦探，希望你别再开玩笑了！我如此焦急不安，你却……”岩濑庄兵卫不想说了，干脆闭上嘴巴。

“你说我开玩笑？我是那样的人吗？请镇静！你马上就会明白的。”

正当两个人唇枪舌剑难分难解的时候，寄宿生进来了。他手里拿着好几封信。

“信来了。”

“放好就行了。”

岩濑庄兵卫觉得连拆信也是麻烦事，只是用下巴示意他把信放下。

“岩濑君，也许有那封信。今天，应该是黑天使送达通知的日子……”

“什么？那里面有黑天使的通知……”

岩濑庄兵卫根本不信有这回事，但还是把手伸向桌子，一边心不在焉地回答，一边胡乱地把信翻来翻去。突然，他从椅子上站起身来，嘴里发出惊叫声：“哎呀，还真的有信！这么奇怪的信，到底是什么？”

这是一个高档信封，里面装有信。

岩濑庄兵卫指着那个奇怪符号。在信封背面寄信栏上，也就是信封背面的右下角，画有一条清晰可辨的黑蜥蜴。

“是黑蜥蜴吧？你快看呀！”明智小五郎脸上没有丝毫吃惊的模样。

果然像明智小五郎预料的那样，信来自黑天使。

“是黑蜥蜴！印戳是大阪市内的某个邮局。”岩濑庄兵卫把信封翻过来，看着信封正面说。

“咳，谢谢！请问，你怎么知道会有这封信？嗯，它确实是黑天使寄来的通知……你，实在是……”

岩濑庄兵卫连连竖起大拇指表示佩服，并朝着大侦探的脸端详了好一会儿，与刚才的态度形成了鲜明的对比。

“别浪费时间了！快把信拆开！黑天使可能会提什么要求。”

明智小五郎催促岩濑庄兵卫赶快拆信。于是，他小心翼翼地撕开信封，从里面取出信。白色的信纸上面没有记号，字写得歪歪扭扭，与过去出现在信上的字差不多。内容如下：

岩濑庄兵卫：

你好！

昨天惊动了贵府，谨此致歉。令爱确实住在寒舍，特此通知。你即便请警方出动全体警察寻找寒舍，也是瞎子点灯白费蜡。如果你希望令爱尽快回家团圆，那也好办，不过，我也希望你回报一点儿什么，你看如何？

如果你有这种诚意，那请满足我的条件，随后我把令爱归还给你。赎回小姐的条件：

一、送交对象：是贵府珍宝，叫埃及星。

二、送交日期：明天即本月七日傍晚五点整。

三、送交场所：T公园通天阁顶上的瞭望台。

四、送交方法：仅允许你一人，并且必须在规定的时间里将埃及星宝石送到通天阁顶上，如果迟到，概不受理。

倘若违背上述条件，例如你报警，或者你打算在送交宝石后抓我等等。只要出现上述任何一种情况，令爱就有可能遭到不幸。如确实满足了我规定的上述条件，我将在这天晚上送令爱回贵府。

这是我发出的最后通牒，不需要你做任何回复。明天，你如果不按照规定的时间到达规定场所，可以视你为没有诚意，我将取消这笔交易。与此同时，根据预定计划对令爱采取行动，让她去天国。请看着办吧！

黑天使　敬上

看完这封信的岩濑庄兵卫，神情沮丧，默默地沉思起来。

“是埃及星宝石吗？”

明智小五郎还没有看信，但脸上表情似乎在说果然不出我所料。他显得十分冷静，问岩濑庄兵卫。

“是啊，真伤脑筋。那是我家的珍宝，确实在我的手里，是非常非常贵重的宝物，也是国宝。可眼下只能把它作为赎金交给令我憎恨的黑天使，可给了她，万一她不把早苗交还给我……”

“听说是价值连城的宝石……”

“时价是五亿日元，但现在就是用五亿日元也买不来。你知道那宝石的来历吗？”

“嗯，听说过……”

“埃及星，在这个国家里被视为最贵重的宝石。

“它产地在南非洲，光芒四射，重量有三十多克拉。

“顾名思义，该宝石曾经是埃及王族的宝物，被王宫珍藏了很长时间。后来，它在欧洲诸国的贵族手中辗转，世界大战时期，由于某种原因到了宝石商人的手里。

“那以后又经过无数次辗转，于数年前由我岩濑宝石商店设在巴黎的分店以重金买下，才到了我的手中。现在，成为岩濑商店大阪总店的财产。

“这颗历史悠久的宝石，我把它视作仅次于生命的宝物，小心翼翼地珍藏在最安全、最保险的场所，以防失窃。该场所，除了我以外没有第二个人知道，营业员不用说，就连我太太也不知道。”

“对黑天使来说，比起偷盗这颗宝石，还是绑架活人容易。”

“是的，埃及星宝石迄今为止已多次成为大盗们青睐的目标。每一次都是因我的随机应变和及时转移，才使宝石幸免于难。

“不论大盗们的偷盗手法如何高明，也不论他们怎么狡猾，是不可能盗走埋藏在我心中的秘密——那就是珍藏这颗埃及星宝石的场所。

“谁知以往的良苦用心，眼下却变得毫无意义，分文不值，珍藏得再保密也不起任何作用了。我喜欢宝石，但万没想到大盗竟然用绑架我女儿的手法，达到窃取埃及星宝石的目的。

“明智大侦探，这宝石不管有多么贵重，可总不会比得上人的生命。太遗憾了，为了女儿，现在，我只有与它告别。”岩濑庄兵卫斩钉截铁地说。

“这么贵重的宝石，我看还是别出手为好。像那样的威胁通知书，不搭理它不就行了！黑天使绝不可能殃及早苗小姐的生命。”明智小五郎频频安慰岩濑庄兵卫。

但已经决意用宝石赎回女儿的岩濑庄兵卫，不听明智小五郎的劝说。

“不行，夜长梦多，那些坏蛋也许会干出叫人难以想象的勾当。虽埃及星是用重金买来的，还是国宝，可它毕竟只是矿石而已。要是舍不得放手，万一发生早苗永远回不来的悲剧，我会遗憾终生的。我已经决定，按照黑天使说的，准时将宝石送到她指定的场所。”

“你真决定了？好，那我也不能强迫你改变主意。你老老实实地按照指令把宝石交给她，也是一种好方法。

“岩濑君，你就是把宝石给了对方，也绝对不用担心结果如何。早苗小姐也好，埃及星宝石也好，最终都会到我的手上，由我亲自还给你。

“此前，你只不过是请黑天使暂代你保管而已，暂时满足她的欲求。我向你许诺，我刚才说的，一定兑现。”

明智小五郎好像很有把握，胸有成竹，语气非常坚决。

接　头

第二天，岩濑庄兵卫按照黑天使信上的要求，在傍晚五点稍前一些的时候，赶到了T公园门口。

岩濑庄兵卫确信黑天使的信上所说，一旦违背对方条件就有可能殃及女儿早苗的性命。因此，一切的一切全都按照信中要求去做，独自前往交货地点。

除明智小五郎外，谁都不知道岩濑庄兵卫的这次行动。

T公园门口，矗立着高耸入云的通天阁。这家公园的占地面积超过任何一家大型公园，每天的游客人数在大阪占第一，熙熙攘攘。

公园里有剧院、电影院和饮食店等，观众和食客络绎不绝。公园里，有露天摊贩的叫卖声，有收音机和录音机的喧嚣声，有小孩玩耍的吵闹声，有不计其数的皮鞋声和木屐声。

绿色公园处在多种嘈杂声音组成的交响乐包围之中，似乎在挣扎着度过艰难的每一天。

正中央，是模仿巴黎塔建造的通天阁，钢结构直插云霄。站在通天阁最高层，整个大阪市内可以一览无遗。

黑天使竟敢把接收宝石的地点定在这里，简直胆大妄为！也许黑天使觉得，越是热闹的地方越安全，特意把接头地点定在市中心的塔顶上。

在众目睽睽的场所，让岩濑庄兵卫当着数万游客的面，顺从地交出作为赎金的埃及星宝石。黑天使的手法离奇，挖空心思，大胆地上演充满危险的大闹剧。

岩濑庄兵卫以往非常勇敢，从来不知道什么叫害怕。可面对如此别出心裁的歹徒，尤其当着对方的面交出宝石，一想到将与黑天使面对面，不由得心里一阵发怵。

他稍稍镇定了一下自己，走进塔内的电梯。

随着电梯的不断上升，闹市街头的人群和雄伟的建筑都仿佛变成了他脚下的玩具。冬天的太阳已经降落到接近地平线的地方，所有楼房的屋脊一侧伸出长长的投影，宛如纵横交错的棋盘图案。

电梯终于上到塔顶，一到达可以眺望四周的瞭望台上，刚才地面上没有感觉到的寒风便嗖地迎面扑来。冬天里的通天阁顶上，也许还有傍晚的缘故，连一个游客都没有。

为挡风竖起帐篷的点心店、水果店和礼品店鳞次栉比，男女店主们无所事事地坐在帐篷里，显得门可罗雀，十分冷清。

岩濑庄兵卫似乎觉得塔顶上远离人间，自己仿佛来到天上没有人烟的星球世界，凄凉感和孤独感油然而生。

当他双手搭在栏杆上俯瞰四通八达的街头时，才意识到与塔顶上的寂寞氛围截然不同，无数灯光一亮一灭，行人们像蚂蚁那样缓缓地爬行。

岩濑庄兵卫在眺望的一瞬间，似乎全然忘记了自己上塔顶的目的了，饶有兴趣地欣赏着远离塔顶的地面风景，不可思议的遐想接踵而来。

少顷，电梯好像又上来了，传来金属门自动打开的声音，似乎有人走出电梯朝自己走来。

一个举止高雅、态度温和的淑女，身着淡雅整洁的和服，鼻梁上架着眼镜，一边微笑，一边朝岩濑庄兵卫跟前走来。

岩濑庄兵卫仍在观赏地面风景。现在这种时候，像这么高贵的夫人出现在如此冷清的塔顶上，多半也是出于好奇。

贵妇人的气质和打扮与塔顶环境实在不相匹配。使岩濑庄兵卫吃惊的是，贵妇人主动朝他搭话："哈哈……岩濑君！你不记得我了？我曾经在东京宾馆里受到过你的盛情款待，我就是黑天使。"

眼前的贵妇人，原来是怪盗黑天使。现在的装束与在东京宾馆时的模样完全不同，颜色淡雅的高级和服，象征充满知识的眼镜……无论从哪个角度看，都觉得她是一个贤惠、稳重和沉静的良家妇人。

"……"

岩濑庄兵卫不由得憎恨起对方来，态度变得生硬，似乎想一口吞下这个可恶的女人。他一声不吭，不动声色地看着黑天使漂亮的脸蛋。

“这回实在是劳驾你了！”

她说话的语气和神情宛如贵妇人，同时彬彬有礼地朝岩濑庄兵卫鞠躬行礼。

“别废话！我不折不扣地按你的要求做了，你应该把早苗还给我。”

岩濑庄兵卫单刀直入，直接挑明自己的意思。

“嗯，这你放心。令爱在我那里生活得非常好，情绪也很好，玩得也很开心。噢，对了……信中指定的东西，你一定带来了吧？”

“嗯，带来了。看好了，就这个，你最好打开看一下。”

岩濑庄兵卫从袋里取出银制小盒，不假思索地递到黑天使跟前。

“哦，太谢谢了！那，请允许我拜见一下……”

黑天使郑重其事地接过小银盒，用袖子挡着打开盒盖。

宝石安稳地坐在白色的织锦缎台座上，光芒四射，令人目眩。

黑天使目不转睛地注视着。

“啊，太美了！”

她情不自禁地赞叹，漂亮的脸蛋上渐渐泛起红晕，眼睛里射出火焰般的兴奋目光。

“简直是五彩缤纷！瞧！真像五色火焰在燃烧。说心里话，我太喜欢这颗宝石了，盼了很长很长时间。与这颗埃及星宝石相比，我那些长年累月积攒起来的宝石，简直像一堆没有生气的小石块。衷心谢谢你给我送来这么好的礼物。”

黑天使说了这番发自肺腑的话，随后又深深鞠了一躬。一直注视着黑天使表情的岩濑庄兵卫，见对方欣喜若狂的模样，气得牙齿咬得咯咯直响。

被视为仅次于自己生命的埃及星宝石，居然就这样拱手相让。

为了让女儿早日回到自己身边，不仅忍痛割爱，还要忍气吞声。

他一方面极力克制着自己，可另一方面怒火万丈。对方就那么一个女人，而自己……可一想到信上的黑蜥蜴图案，浑身禁不住颤抖起来。他想使出全身力气，可肌肉和神经系统都不听使唤，只有愤怒在心底涌动。

这时，岩濑庄兵卫想起自己应该询问对方。

“关于赎金，我已经和你了结了。请问，你什么时候把早苗送到我家？我是不是应该相信你呢？你是臭名昭著的大盗，提前支付赎金给你，我不放心。”

“哈哈……请放心，我会按照事先约定把早苗小姐送还给你……现在，请你先回家，我跟在你后面走。”

黑天使没有搭理岩濑庄兵卫带刺的提问，打算尽快结束这次会面。

“哈……你收到赎金了，还担心什么……请问，我可以和你一起走吗？你该不会说，你不愿意和我同坐一部电梯吧？”

“不，我非常乐意和你一起走。但我是你要找的人，因此，我要看着你离开这里，否则……”

“哈哈……你说有危险？你以为我会尾随跟踪？这就奇怪了，你害怕我？那你为什么敢在这么冷清的地方单独与我会面？再怎样，我也毕竟是男人，如果需要，我也可以牺牲早苗抓获你这个罪行滔天的恶毒女人。就是现在我也能这么做，你不仅是女人，还是孤零零的一个。”

岩濑庄兵卫对于黑天使的狡诈早已恨得咬牙切齿，脱口说出不服气的大话。

“嗯，我明白你的意思，也早就做好了准备。”

岩濑庄兵卫还一直以为对方会掏枪，不料黑天使却让他转过脸看背后，随后径直一人朝帐篷小卖店方向走去，从租借店借来一架望远镜。

“那里有浴室烟囱，请你眺望一下烟囱背后的屋顶。”

黑天使手指矗立在远处依稀可辨的烟囱，把望远镜递给岩濑庄兵卫。

“嗯，那屋顶上好像有什么人。”

岩濑庄兵卫觉得好奇，把望远镜放在眼前。

距离自己站的位置大约三百米远的地方，有很大的屋顶，那是浴室屋顶。烟囱背后是屋顶晾衣服的晒台。

那里蹲着一个工人模样的男子，用望远镜可以清楚看见他的长相。

“晾衣服的地方，好像有一个男子吧？”

“嗯，有，有，你想告诉我什么？”

“请再仔细看，那男子在干什么？”

“嗯，奇怪！那家伙也在用望远镜朝我们这里眺望。”

“他手上还拿着什么？”

“嗯，拿着红布，好像是在监视我们。”

“嗯，你说对了。那是我的部下，他在观察我们的交谈情况。如果发现我有危险，便挥动手上的红布，示意另外一个用望远镜眺望他的男子。于是，另外一个部下拨电话到离这里很远的住宅。于是，令爱的生命也就结束了。哈哈……我是著名大盗，计划得非常周密，对途中有可能出现的情况都制定了相应的对策，即便鸡毛蒜皮的小事也都不会放过，以防万一。”

黑天使之所以选择逃窜不便的塔顶为会面地点，是为了能让部下从远处通过望远镜保卫自己。

试想，如果把会面地点改作地面，绝对不可能达到这种效果。

“哼，你还真是费尽心机。”

岩濑庄兵卫抽搐着鼻尖嘲笑道，尽管嘴不饶人，却没敢小看诡计多端的黑天使。这家伙绝非一般女流之辈。

追　赶

“那，我先走了。”

岩濑庄兵卫愤愤不平地嘟囔着，走进塔顶电梯，一会儿便下到了地面。他来到稍远一些的地方，坐上停在那里的轿车。

车慢悠悠地启动，紧接着迅速开走了。即便那样，黑天使还是不放心。

原来，明智小五郎一直埋伏在不远的地方观察岩濑庄兵卫。他到底想出了什么好对策，没人知道。

黑天使站在塔顶栏杆边上用望远镜眺望大街。

大街上黑压压的人群在缓慢地移动，黑天使也慢慢移动望远镜的视线，搜寻人群中是否有可疑人物。

也许是居高临下的塔顶帮了忙，渐渐地，她发现了什么，深感不安起来。

那里好像有一个男子在眺望塔顶，也许是刑事侦查警官？这里好像也有一个叫花子打扮的家伙，从一开始就蹲在那里。这多少有些可疑。如果不是明智小五郎本人，一定是他的手下。

黑天使紧张起来，索性将望远镜移向瞭望台周围，不停地来回移动。

黑天使还从来没有如此害怕明智小五郎和警方。

岩濑庄兵卫担心的是，如果违背信中所列条件，女儿早苗的后果将不堪设想，所以乖乖地把埃及星宝石送到塔顶。

而黑天使所担心的是，害怕被尾随跟踪。一旦被跟踪好手粘上，一切将化为泡影。

明智小五郎是天下数一数二的跟踪好手。如果人群里有明智小五郎，那可就……黑天使这么一想，不由得更加紧张起来。

最好是使用那套方案。总之，慎之又慎不是坏事。

她径直走到帐篷小卖店区域，对其中一家小店的女店主说：“对不起，想请你帮忙。”

小卖店的后半边，男女店主正围着炉子取暖，听她这么一说不由得吃了一惊。

“是要买什么东西？”

长着一张可爱脸蛋的女店主，笑嘻嘻地站起来询问。

“不，不是买东西，是请你帮特别的忙。刚才不是有一个和我说话的男子吗？那家伙是歹徒，扬言要欺负我，能否请你们伸出援手帮帮我？

“我还以为那家伙先走了。其实，他还赖在下面，伺机找我的麻烦。无论如何请你们帮帮我的忙！这位女店主是否能换上我这身和服站到栏杆那里，吸引那家伙的注意力？

“现在，请允许我在帐篷里与女店主互换服装，你化装成我，我化装成你。凑巧咱俩年龄相仿，身材也像，一定能帮助我摆脱对方骚扰，好吗？”

黑天使装作走投无路的可怜相，一个劲儿地央求女店主，又从袋里取出七千日元纸币，硬塞在正左右为难的女店主手里。

男女店主商量了一番，再说也得到了好处，也不问为什么便按照对方的要求做了。

为了挡风，所有店主都用帐篷将自己经营的小卖店围得严严实实。一进入帐篷，站在外面的人根本察觉不了里面的动静。

黑天使站在里面，可以放心地换衣服和化装了。

皮肤白净、长相可爱的女店主，先穿上黑天使的高档和服，梳理头发后戴上那副新潮眼镜，瞬间，她变成了一个举止端庄的贵妇人。

黑天使将自己的发型梳理成女店主的样子，再沾上少许灰尘抹在脸上。

于是，不管从哪个角度看，与女店主成了一对孪生姐妹。她穿上条格图案的和服，系上有些脏的腰带，穿上藏青色裤子。

“哈哈……化装得还行吧？怎么样，像你妻子吗？”

“太像了！我那口子现在变成了贵妇人、阔太太。夫人，你此刻变成了干粗活的下人，太像我那口子了。你化装还真有一手！这模样回家，你丈夫肯定以为是谁走错了门。”

男店主比较了一下两个女人化装后的模样，佩服不已。

“噢，对，对，你戴口罩的吧？再把你的口罩借给我。”

黑天使戴上口罩后，下半边脸被遮住了。

“好了，女店主，请你站在栏杆那儿，用望远镜俯视大街。”

扮演成女店主的黑天使，与男店主一起乘电梯来到塔楼底层，朝人头攒动的大街上走去。

“太好了，请走快一点儿！一旦被那家伙发现可就遭殃了……”

两个人在人群中穿行，先经过电影院门口，随后在公园树丛里不停地向前走着，朝着越来越冷清的方向走去。

“谢谢，已经不会有危险了……太有趣了，我俩俨然像一对被追赶的逃跑夫妻。”

确实像黑天使说的那样。

男店主好像有点儿耳聋，从头顶到下巴系有绑带，头戴鸭舌帽，下身是脏兮兮的咖啡色裤子，上身是黑色的上装，脚上是一双木屐。

也许是在寒冷的塔顶上经营小卖店，或许塔顶风大的缘故，男店主一直戴着口罩。

他牵着扮作女店主的黑天使的手，小跑步那样在树林里走着。

“嗨，嗨，嗨，对不起，把你累坏了。”男店主难为情地笑着说。

“别这么说，是我对不起你……你怎么啦，这绑带？”黑天使觉得已经来到安全地带，这时才发现男店主脸上系着绑带，认真地问道。

“嗯，塔顶上风太大，又不慎患了中耳炎，不过，快要痊愈了。”

“啊，中耳炎一定要治好。你有那么好的太太，真幸福！在那么高的塔顶做生意，一定很开心吧？”

“哎嘿嘿……是啊，可是，做那种生意也是没办法！”

黑天使总觉得对方的举止有点儿奇怪。

“好，我们就在这里分手吧！请代我谢谢尊夫人。你们夫妇俩今天的恩情我是永远不会忘记的……啊啊，刚才穿在夫人身上的那些衣服就归她了，以后，如果穿旧了，扔掉就可以了。”

树林外停有一辆轿车，黑天使与男店主告别后，朝那辆车快速走去。

轿车司机似乎早已等候在那里，一见到黑天使来到车门边上赶紧开门让她上车。紧接着，车开足马力风驰电掣般地开走了。

男店主见载着黑天使的那辆车启动后，迅速改变方向，也不知何故，没有朝塔那边返回，而是突然间朝大街跑去。

他不停地朝四周张望，来到大街时正巧有一辆出租车驶过，便赶紧扬手，像箭一般跳上后排座位，与刚才的模样判若两人，对司机说：“追上前面那辆车！我是警察。”

出租车迅速追了上去。

“请注意，不要让前面的车辆察觉，保持适当距离。”

他不停地叮嘱司机，向前探出上半身，两眼炯炯有神地盯着前方。

他到底是谁？自称警察，可模样怎么看也不像。

那熟悉的声音倒好像听见过，不光声音，还有鸭舌帽和口罩之间的锐利的目光，似乎在哪里见过。

水　声

这时，周围的光线已经暗淡，再过一会儿，浓浓的夜色将笼罩整个大阪的天空。

这时，贯穿大阪市南北的S公路上飞驰着许多车辆。车流中间有一辆车在飞速行驶，该车后边也有一辆车在飞速行驶。

前面那辆车的后排座位上，坐着身着旧和服的“女店主”，也不知什么原因蜷缩在座位上。从远处望这辆车，似乎是一辆空车。

“女店主”是黑天使化装的，压根儿没有察觉到身后有“尾巴”。那辆跟踪车，始终与她保持着一定距离。

后边的出租车里坐着的男店主，时而对司机说：“再快一点儿！”时而对司机说：“再慢一点儿！”

这男子是谁？他那两道冷峻的目光紧盯着前面那辆车，

双手敏捷地脱去身上的工作服，露出里面略带油垢的咖啡色衣服。

转眼间，他从买卖人变成了技术员，随后开始扯下蒙在脸上的绑带。

渐渐地，被掩盖了大半边脸的真面目出现了。根本就没患什么中耳炎，显然是伪装的。

神采奕奕的眼睛、紧闭的嘴巴和浓密的胡子，相继出现了。

不用说，他是大侦探明智小五郎。

黑天使选择在闹市中心的塔顶上与岩濑庄兵卫见面，明智小五郎便将计就计，事先扮作帐篷小卖店的男店主，等待黑天使到来。

黑天使不知其中有诈，中了明智小五郎设下的圈套。她清楚，可以无视任何人，但不可以无视明智小五郎。

在她看来，唯一能与她较量匹敌的，是明智小五郎；令她最害怕的，也是明智小五郎。

她万万没想到，她的克星——明智小五郎已悄悄盯上了自己。

在明智小五郎看来，要抓黑天使，易如反掌，随时随地都可以。

然而，在没有弄清楚岩濑早苗被关押地点之前抓她，很有可能断送岩濑早苗的生命。越是这种时刻越是要冷静，切不可轻举妄动。

只要跟踪摸清黑天使大本营，就可摸清岩濑早苗被软禁的地方。

不仅要将岩濑早苗和埃及星宝石完璧归赵，还要将黑天使及其爪牙一网打尽，送交警方接受法律严惩，这是明智小五郎既定的追捕方案。

车外已经夜色沉沉。夜幕下的公路上，前后保持一定距离的两辆轿车正在飞驰。两旁的路灯，两旁的树林，不停地消失在车后。

借助路灯朦胧的光线，明智小五郎全神贯注地注视着前面车辆，可只能看到影映在后窗玻璃上黑天使的头发。

根据明智小五郎指示，出租车缩短了与前车之间的距离，保证明智小五郎可以观察前车车内的情况。

车沿着前面街角转弯，那里有一条大阪著名的运河，道路一侧是量贩商业店铺，道路另一侧则沿着运河。

为了方便装卸水运货物，河岸犹如缓缓的斜坡朝着河面倾斜。大阪市内竟有如此冷清的路面，明智小五郎未曾料到。

这一带，没有行人，也没有光线。

前面那辆车不知何故开始减速。当驶到大桥脚下灯光比较明亮的地方时，突然急刹车。

“咦！别往前开，快停下！”

明智小五郎赶紧命令出租车司机。忽然，前面那辆车改变方向，掉过头来朝明智小五郎这里驶来。

仔细一看，刚才载着黑天使的那辆车，摇身一变，变成了出租车，车前风挡玻璃下端竖有一块“空车”电子牌。

也不知是什么时候，后排座位上的黑天使无影无踪了。

“奇怪！”

明智小五郎瞪大眼睛搜寻，可那辆出租车已经接近明智小五郎乘坐的车。那辆车一边不停地按着喇叭，一边缓缓地擦肩而过，消失在夜色里。

就在车通过的一刹那间，明智小五郎完全看清楚了车内的情况，确实是一辆空车。也就是刚才的一瞬间，黑天使又不翼而飞了。

司机还是刚才的司机模样，为蒙混过关，竖起“空车”的电子牌。

“干脆把司机抓起来，怎么样？”

明智小五郎一边思考一边问自己。不能轻举妄动！好不容易跟踪到这里，抓了司机多半会打草惊蛇，前功尽弃。

眼下，应该找到黑天使，必须弄清她的大本营。

可是，黑天使究竟到哪里去了？

刚才，那辆车急刹车的时候，好像没有人从里面下车。大桥脚下有路灯，如果有人下车不会也不可能看不见。那辆车在刚才转弯前，黑天使也确实在车内。

照这么说，从转弯角到大桥脚下那一段约五十米距离的路上，黑天使很有可能跳车逃走。刚才，也只有这条路可供黑天使逃跑。

她利用这段特别黑暗的路面，借减慢车速之际跳车后隐蔽在黑暗里。

看来，黑天使隐蔽在这条路上的某个地方。道路一侧是一家家紧挨着的量贩店铺，没有可以躲藏的小巷。道路另一侧，是被夜色包围的运河。

明智小五郎下车后沿道路朝前走了五十米左右，途中进行了仔细观察，别说没见着一个人影，就连一条狗都没见着。

“奇怪！她不可能跳河逃走！”

无可奈何，他只得返回车内。这时，出租车司机说了一句与其职业不相吻合的话。

“嗯，我估计歹徒多半朝运河方向去了！”

司机的这番话，使得明智小五郎猛地察觉到了什么。

装卸货物的码头附近，漆黑一团，好像停泊着一艘日本式大木船。

明智小五郎的视线唰地射向那里，紧紧盯着。

船上也没有人影，唯船尾房间的窗上映照出红色灯光。住那个房间的，多半是船老大一家。再仔细看，船与岸之间架有一块长条跳板。黑天使很有可能借助灯光的阴影，沿跳板悄悄潜入船上。

其实，这是不太可能的想象。眼下，女歹徒也只有这条路。再说黑天使的手法，总是与常识相违背。

对于这样的歹徒，必须逆向思维去分析，才有可能摸清她的行动规律。

“司机，能否帮我一个忙？”

明智小五郎朝司机手里递去一张纸币，把嘴凑到他耳边上窃窃私语：“船尾房间里亮着灯，就是那窗户。你先熄灭车前的夜间照明灯，然后再打开。不过，灯光一定要对准窗及其周围。还有一件要拜托你的事，不过，做起来可能有难度，就是请你伤心地大喊大叫：‘救命！救命！’叫喊声越响越好，随后立即打开车前照明灯。怎么样，能帮我这忙吗？”

司机二话没说答应了，关闭车灯后，把车头对准船尾房间的那扇窗。

扮作技术员的明智小五郎，从附近搬来大石块，沿着徐徐向下倾斜的码头朝河边走去。

“救命！哇！救命！”

突然，司机声嘶力竭地喊道。惊恐的程度，听上去像遇上行刺歹徒那样，十分逼真，仿佛真有那回事。

与此同时，传来“扑通”巨大的水声，是明智小五郎把大石块扔进河里。相继传出的叫嚷声和水声，使不明真相的人以为有人投河了。

明智小五郎的侦查术太妙了。

由于突如其来的水声和叫嚷声，船尾房间那扇紧闭的窗开了，紧跟着探出一张脸来，没想到被刺眼的车灯照得清清楚楚。

那张惊慌失措的脸，没逃过躲在暗处监视的明智小五郎的眼睛。

果然不出所料，是那张扮作女店主的黑天使的脸。

“怎么啦？怎么啦？”

“肯定有人遭抢劫了！”

“还有奇怪的水声。”

附近的量贩商店被刚才的喧闹声惊醒了，各家商店的值班人纷纷打开店门朝出事地点跑去。头脑灵活的司机赶紧改变方向，朝前行驶了五十米左右。

明智小五郎不愧是久经沙场的大侦探，沿着漆黑的河边奔跑，来到大桥脚下的公共电话亭。黑天使利用水路逃跑，难以估计她究竟逃向哪里，因此，必须通知警察和自己的部下，让他们协助捉拿。

幽　灵

次日凌晨的时候。

从大阪河口起航的一艘小汽船正在行驶，这是一艘载重量不到两百吨的货船。

河面上风和日丽，没有浪涛，是航船的好天气。小汽船加大马力，时速远远超过规定的速度，朝着海上疾驶。

下午，小汽船来到纪伊半岛的南端，但没有停靠港口的迹象，继续朝着太平洋正中央的远州滩海面驶去。

船小巧玲珑，大胆行驶在与远洋船相同的航道上。

从外观看，是一艘漆黑的小货船，没什么特别的地方。但沿着楼梯往下走，里面的情况与简陋的外表截然不同，有一长排非常豪华的高级房间。

难道是伪装成货船的客船？与其说客船，更像豪华的水上住宅。

尤其靠近船尾的那个房间，是所有房间里最豪华的。面积大，家具和电器都是最高档的，多半是船主居住的房间。

地上铺设着价格昂贵的绒毛地毯，四周墙上贴有白色高级墙纸，天花板上悬挂着一盏嵌有许多水晶球的大吊灯。

房间里有装饰橱，铺有漂亮台布的大圆桌，组合沙发，有扶手的靠背椅子……

这些家具中间，唯独有一张长沙发与周围家具的款式截然不同，被摆放在不显眼的角落里。

这张长沙发，看上去让人觉得有点儿眼熟，似乎曾经在哪里见过。噢，对了，沙发布上不是有一个大口子吗？

三天前，从岩濑家客厅消失的那张长沙发，不就是它吗？奇怪，长沙发怎么会出现在这艘船上？

看来，这艘船也许是……

其实，根本不需要这样的假设。瞧，此刻躺在这张长沙发上的人，就是那个黑天使。

身着黑色富有光泽的衣服，胸针、耳环和戒指上都镶有闪闪发光的宝石。那张漂亮的脸蛋，可谓花容月貌，仿佛天上下凡的仙女。

她是黑天使！前一天晚上，大阪运河停泊着的大型日式木船，船尾房间里隐藏的就是黑天使。

为黑天使躲避跟踪立下汗马功劳的日式木船，趁着夜色离开支河朝大河驶去，把黑天使送到停靠在河口等待的这艘小货船上。

那么，这艘小货船到底又是什么性质的船呢?

一看见黑天使住在超一流豪华的房间里，可以断定它不是普通的商船，很有可能是黑天使拥有的汽船。

是的，是黑天使拥有的船只，当然，“人沙发”出现在这艘船上，被绑架的岩濑早苗无疑也在这艘船上!

这时，黑天使张开樱桃小口：“哎，真讨厌！就连你也把那样的事放在心上？正因为是男人，更害怕妖怪……”

黑天使笑了，视线朝着隔壁房间的门口。

那里，也不知是什么时候站着一个男子，头戴别有金边帽徽的船员帽，身着黑色的船员制服。

如果是普通商船，穿这身制服的应该是事务长。瞧那模样，扁平的鼻子，结实的身材，好像在哪里见过。

是的，那家伙曾出现在东京宾馆里，在黑天使隔壁的房间住过，他叫山川健作。就是他把岩濑早苗塞入“人沙发”里，再扮作家具公司技术人员把它运走的。在黑天使的爪牙中间，他是最忠实的。

“是你不好！我总觉得你与过去有所不同，还有那些船员也无一例外，都很迷信。那些家伙窃窃私语，即便你听了那些内容也一定会觉得厌烦。”

这时，船稍有一些颠簸。于是，山川健作跟着摇晃起来，可脸上始终是讨好主子的奴才相。

室内灯火通明，那盏水晶吊灯在发挥作用。但是，船外伸手不见五指。

黑乎乎的水，黑乎乎的天。说宁静，可太平洋上的波浪不停起伏，隔一会儿便晃动一下小汽船，似乎有时间规律。

“到底是什么事情？请详细说一下。”

“北村和合田说船上有鬼叫声！如果是一个人说也就算了，可他俩都这样说。”

“他俩说的妖怪长得什么模样？”

“模样没见过，只听见声音。”

“在哪里？”

“在客房。”

“什么？在早苗房间？”

“是的。今天中午，北村君说他经过早苗房间门前时，好像房间里有人压低嗓音说悄悄话。当时，我和你在餐厅里。早苗的嘴里塞有手巾，不可能说出话来。北村君准备敲门，发现门上了锁，赶紧取来钥匙打开房门。”

“是不是早苗嘴里的手巾不见了？”

“没有，他说早苗嘴里还是原来模样，绑着两手的绳索也没有松动。房间里除了早苗没其他人，北村君不由得浑身直打哆嗦。”

“他问过早苗了吧？”

“嗯，从她嘴里取出毛巾后问她，她反而吃了一惊，说根本没这回事。”

“不可思议！真有这回事？”

“我也估计北村君的耳朵可能有问题，没有把他说的当一回事。可大约一个小时前，又是大家都在餐厅的时候，合田君听到了声音。

“他大吃一惊，赶紧拿钥匙跑去开门。合田君看到的情况与北村君看到的一样，除早苗外没第二个人，嘴里的手巾也没什么变化。

“先后两次听见的相同声音，在船员中间传开后，船上便像烧开了的水沸腾起来，都在谈论船上有鬼，传得沸沸扬扬。”

“在说什么样的事情？”

“都说不管走到哪里都有幽灵跟着。船员中间杀过人的，不止两三个，都觉得死者亡灵附在自己身上，还说这艘船也附着亡灵。现在，我也不想在船上多待一分钟。”

这时，大浪又把船举了起来，传来“咚”的声令人厌烦的响声。紧接着，被举起的船宛如被旋涡卷入那样朝海底下沉。

突然，发电机好像出了故障，水晶吊灯的灯光变得通红，像发信号那样一亮一暗。

“今天这个晚上真让人感到厌烦。”

山川健作盯着那盏灯，魂不附体地蜷缩着身体。

“你个大男人，简直胆小如鼠。”

黑天使的笑声撞击着板壁，传来可怕的共鸣。

笑声刚落，门吱地开了，像呼唤铃喊人那样，走进一个一身白衣的人来。

白色的头巾，白色的立领衣服，白色的围裙，财神爷模样胖乎乎的脸。表情紧张，脸色苍白。他是船上的厨师。

“干什么？你，怎么啦？别吓唬人！”

山川健作大声呵斥，厨师没有后退，而是径直走到他跟前压低嗓门报告，说发现了一个重大情况。

“妖怪好像到过厨房，我数了一下，少了一只鸡。”

“鸡？”黑天使感到不可思议。

“不，不是活鸡，是烹调后的鸡，我把七只鸡放在橱柜里。刚才，我打开橱柜时发现少了一只，只有六只了。”

“吃晚饭时，你没让大家吃过鸡？”

“是的，我觉得奇怪。船员们没有一个贪吃的，一定是妖怪偷吃了。”

“不是错觉？”

“怎么会，我别的不行，记忆力不差，尤其是数字。”

“奇怪！山川君，让大家分成几组在船上搜查，也许有人混上船了！”

奇怪现象一个接一个，黑天使再也忍耐不住了。

“嗯，我也想对全船进行彻底搜查。亡灵也好，声音也好，偷盗食物也好，对象肯定是有形的。如果彻底搜查，也许能弄清妖怪的真实情况。”

为组织全体船员进行全船搜查，山川健作急匆匆地走了。

“嗯，这些谣传说不定来自那个特殊客人？”

“什么，是来自早苗？”

“是的，我总觉得是那么回事。我刚才把饭给她送去，解开绳索取出嘴里的手巾，也不知什么原因，这姑娘食欲特别好，吃得盘底朝天，既不闹也不嚷，只是要求别用绳索捆绑。”

“说话语气是不是很天真？”黑天使脸上出现了少有的表

情，反问道。

“是的。她说重新考虑过了，按我们说的做，语气平静，与昨天判若两人。”

“奇怪！快去传我的话，让北村君把姑娘带到我这里来！”

厨师走了。片刻过后，没有绳索捆绑的岩濑早苗被北村带来了。

搜　索

岩濑早苗现在的模样，像沿街乞讨的乞丐，身上仍穿着被绑架时的衣服，可衣服到处是褶皱，披头散发，脸似乎瘦了一圈，鼻梁上的眼镜眼看就要掉下来了。

“早苗小姐，心情怎么样？别站在那里，来，来这里坐下！”

“嗯。”

岩濑早苗朝前走了两三步，看了一眼黑天使坐的长沙发，仿佛见到幽灵什么的，蜷缩起全身哆哆嗦嗦地直往后退。

那是“人沙发”！三天前，自己就是被关押在这沙发里的。当时的恐怖情景，岩濑早苗至今历历在目。

“啊，你害怕这张沙发？好！我也不勉强你。那就坐你身边的椅子！”

岩濑早苗慢吞吞地坐到椅子上。

“我一直反抗，实在对不起，今后我再也不了，按你说的做，请原谅。”岩濑早苗耷拉着脑袋轻声道歉。

“哈哈，你终于想通了，那太好了！按我说的做，其实是为你好……可是，我感到奇怪。一直到昨天还是不屈不挠的早苗小姐，今天怎么突然急转弯，究竟是什么原因？”

“不，没有……”

黑天使锐利的目光紧盯着岩濑早苗，揣摩着她脸上的表情，接着问道：“听北村君和合田君说，你房间里有说话声。是不是？谁在你的房间里？快说老实话！”

“没这回事，我根本不知道有这回事，也没听见过什么。”

“早苗，你撒谎！”

“我，我没撒谎。”

“……”

黑天使的眼始终没离开岩濑早苗的脸，大脑不停地思考。

房间里沉默了好长时间。波涛声从船底传来，让人心惊肉跳。

“那，请问，这艘船到底驶往哪里？”岩濑早苗开口了，打破了房间里的沉闷空气。

“这艘船？”黑天使似乎从沉睡中醒来。

“你想知道这艘船的去向？告诉你！我们现在是在远州海上，正在朝东京方向行驶。东京的某个秘密地方，有我个人的美术馆。哈哈……我想让你欣赏欣赏！你猜猜看，那美术馆有多气派？为陈列新成员你和埃及星宝石，船正在急速行驶。”

“……”

“坐列车肯定比船快，但最快还是飞机。可带着你这个活行李，乘坐列车和飞机都有危险，唯坐船最安全！虽说速度慢了一点儿，只要安全就行。

“早苗小姐，这是我的自备汽船！你没想到我拥有汽船吧？怎么样，感到惊讶了？要知道黑天使我可是很有钱的！一旦陆上有危险，我无论什么时候都可以出现在水上，以船代步，以船代宿。

“我这艘船上要什么有什么，有高级厨师，有我这样充满智慧的人，就是警察也束手无策。对付他们，我不用费吹灰之力。”

“不过，我……”

岩濑早苗似乎受不了了，态度变得强硬起来，瞪大眼睛望着黑天使。

“我，我什么？”

“我，我不去。”

“那可由不得你！你想回家，别做梦！你不去，我非带你去。”

“不，我不去，坚决不去！”

“哈哈，你还真自信！你以为可以从这艘船上逃走？”

“是的，我一定会被救出去的。”

岩濑早苗说得斩钉截铁，也许心里已经有底？听她这么一说，黑天使的眼里射出怀疑的目光，眉毛剑一般地朝两侧翘起。

“谁救你出去？”

“你不明白？”

早苗小姐一改往常的懦弱，怒目圆睁地盯着黑天使，白净的脸上浮现出红晕，甚至连目光也变红了，仿佛燃烧的火焰。

刚才还是胆战心惊的岩濑早苗，转眼间变得坚不可摧，到底是什么原因？

黑天使感到不可思议，莫非……渐渐，她的脸色变得苍白，脸上肌肉不由得抖动起来。

“嗯，我不明白，你又能拿我怎么样……说！是不是明智小五郎？”

黑天使最害怕说出这个名字，一旦说出口，又突然间感到一阵窒息。

“哦……”

岩濑早苗刚说了一个字，脸上露出惊慌的神色。

“怎么样？被我说对了吧？肯定是那个悄悄安慰你的人！大家还以为是妖怪，传得沸沸扬扬。妖怪怎么可能说话？在这文明的社会里……说这话太傻了！是明智小五郎？你相信那个蠢侦探一定能救你出去？”

“你说错了！那样的事情……”

“别撒谎！好了，你的嘴里也已经问不出什么了。”

黑天使凶相毕露，腾地从沙发那里站起。

“北村君，把这姑娘按原来模样绑起来！在她的嘴里塞上毛巾送回原来房间。你也进去，在里面上锁。你在房间里监视她和观察里面的动静！枪带了吧？不管遇上什么情况，你都必须坚守自己的岗位！如果临阵逃脱，我就惩罚你！”

“是，明白了！”北村拽着岩濑早苗走了。

接着，黑天使慌慌张张地来到走廊上。这时，带领船员分头搜查的山川健作回来了，险些与黑天使撞个满怀。

“哦，山川君，我可弄清妖怪真相了！是明智小五郎！明智这个家伙，他到底是怎么潜伏在我这艘船上的？快，带领大家再重新搜查！要快！”

于是，船内又展开了搜查。

十名船员分成几组，照着手电搜查，先搜查甲板，再搜查房间和机房，从通风筒一直搜查到堆煤场。

总之，上上下下一连搜查了好几遍，连明智小五郎的影子也没见着。

水 葬

黑天使垂头丧气地回到原来房间，无精打采地坐到那张原先坐过的长沙发上，闭上眼睛苦思冥想。

船乘风破浪，仍然朝着东边全速行驶。

船不时地被大浪举起，又不时地下沉，在黑夜笼罩的大海里航行。浪花不停地冲洗着船舷，机械不断传来摇晃的声音。

黑天使靠在长沙发一侧，紧盯着留在长沙发上的那个大口子。

突然，她坐起来。

是啊，唯独长沙发还没有搜查，这长沙发里……

她仔细辨别，轻微的摇晃好像来自长沙发下面，传到了自己的肌肤上。

啊！是人心脏的跳动声！沙发里肯定藏着什么人！

顿时，她脸色变得铁青，竭力克制自己想离开这里的念头。就在这时，长沙发里的心跳声越来越清楚，有规律地向外传出。

此时此刻，她已经听不见波涛声和讨厌的机械摇晃声，只听见长沙发下面轻微的振荡，像鼓声，越来越响。

她想尽快逃离，可仔细一想，究竟是谁该从这里逃走？就是明智小五郎埋伏在长沙发下面的机关里，不也是瓮中之鳖？不是我怕他，而是他怕我。

她终于下定了决心。

“明智君，明智君。”

黑天使不顾一切地大声嚷道，手不停地敲打着长沙发的坐垫。

于是，沙发下的机关里果真传出酷似明智小五郎的声音。

“怎么样？我已经变成你的影子，不再离开你的身边了。”

声音似乎来自地下，又似乎来自周围墙壁。黑天使吓得魂不守舍，全身瑟瑟发抖。

“明智大侦探，你不怕吗？这里是我的地盘，还是警方够不着的海上。”

“嘻嘻……害怕的怎么是我呢？不就是你吗？”

听，简直目中无人！声音非常镇定，毫不在乎自己是瓮中之鳖。

“你不害怕，那我太感动了。请问，你怎么知道我这艘船的？”

“船我不清楚，但一直跟在你身边，也就自然而然地来到这艘船上。”

“你说跟在我身边？”

“能从通天阁跟踪你到这里的，只有我。”

“嗯，原来如此！那小卖店的男店主，原来是明智小五郎你扮演的！我太傻了！你说你患了中耳炎症，我还信以为真。唉，都怪我自己！”

“嗯，是啊！你自以为聪明过人，可聪明反被聪明误，被我算计了。你当时不是很愉快吗？！”

有趣而且幽默的对话在继续。

突然，门开了，山川健作走了进来。

他听到房间里有奇怪的对话声音，便推门闯了进来。

黑天使挥了挥手，示意山川健作别吱声，又悄悄打了一个手势，接着从桌上的皮包里取出铅笔和笔记本，一边继续与明智小五郎对话，一边不停地在纸上写字，告诉山川健作：“明智小五郎躲在长沙发下边的机关里。”

“河岸传出的奇怪喊声和跳水响声，都是你策划的吧？”

同时对山川健作写道：“快把大家喊到房间里来，再拿一根结实的绳索来！”

“当时，你如果不从窗户探出脑袋，也许不至于落入如此狼狈和尴尬的境地。”

“那，那以后你是怎么跟踪的？”

站在一旁的山川健作，迟疑了一会儿，随后匆匆走了。

“我坐上出租车沿着河边追赶，不让你这艘船离开我的视线。等到深夜，我租借了一条小船改成水上尾随跟踪，巧妙地利用了伸手不见五指的黑夜，再像杂技师那样坐上你这艘船。”

“可甲板上不是有我的部下在放哨吗？”

“有，有，为潜入你的房间，我等了很长时间。后来，我又费了很大工夫找到关押早苗的房间。当我终于找到的时候，哈哈……船起航了。”

“你为什么不赶快逃走？藏在这里面，要不了多久就会被发现的。”

“这么冷的天，怎么能游泳！与其泡在水里，倒不如躺在沙发下的机关里，又暖和又舒服。”

一个蜷缩在沙发下边的机关里，一个坐在沙发上边的坐垫上，相互甚至可以感觉到对方的体温，可他俩却是不共戴天的一对劲敌。

沙发下边的人不焦不躁，慢条斯理。

“喂，我一直躺在里面，连午饭也没吃，实在受不了啦！怎么样，能让我出来吗？”

明智小五郎无视自己瓮中之鳖的处境，这使得黑天使惊慌起来。

“哼，不行！你不能从这里出来！要是让我那些五大三粗的手下察觉了，你可就没命了。你还是坚持一下吧！”

“什么？你不打算让他们知道我在这里？”

“嗯，你是我最喜欢的对手，说什么也不想失去你。”

这时，山川健作第一个进来，身后跟着五六个身强力壮悄悄走进房间的男子，按黑天使写给山川健作的书面指令，手拿粗绳索。

“山川君，让明智小五郎待在里面，用绳索将长沙发绑紧扔到海里去！”

黑天使写下命令。

众人开始用绳索将长沙发绑起来，尽量不弄出响声。

这时，黑天使笑容可掬，离开长沙发，让部下缠得快一些。

“喂，黑天使，谁来了？”

似乎还蒙在鼓里的明智小五郎，开始感到长沙发周围有可疑动静。

“嗯，有人在用绳索捆绑你这张长沙发。”

须臾，长沙发被绳索捆得结结实实。

“好，捆绑在长沙发上的绳索密得像织布，大侦探再也无法从里面出来。哈哈……”

黑天使露出凶相，唰地扫视一下周围，粗声粗气地命令部下：“听我的命令，大家齐心协力把长沙发抬到甲板上，扔到海里去！”

六个男子轻松抬起沙发来到走廊，可怜的明智小五郎在沙发里垂死挣扎。

甲板上漆黑一团，天上连一颗星星也没有，天空和大海被黑夜连成一片，只有几只萤火虫飞来舞去，微弱的光线犹如细长的尾巴。

六个黑影站在靠近船舷的甲板上，抬起长沙发。

“一，二，三！”

口号声刚落，长沙发顺着船舷外侧滑向大海，扑通一声溅起一大堆水花和泡沫，萤火虫四处逃窜，蓝色的荧光一亮一暗，渐渐消失了。

糟糕！明智小五郎变成了沧海一粟，永远地消失了。

上　岸

装有明智小五郎的长沙发，在船尾下起伏的浪花里不停旋转，片刻消失了，沉到了深邃的海底。

“我们为这家伙举行了水葬仪式。太好了，太好了，从现在起，我们可以随心所欲大干一番事业了，我们的心头大患终于除掉了。一直让我们心惊肉跳的明智小五郎，此刻正在海底喂鱼。一想到这里，我不免又觉得他太可怜了。那么不可一世的人物，转眼间成了鱼的俘虏。”山川健作望了一眼黑天使，扬眉吐气地说。

“好了，你们快回到房间去！”

黑天使像训斥羊群那样把男人们赶回房间，自己则独自一人手搭在栏杆上，出神地望着吞噬了长沙发的海面。

黑天使迎着凛冽的寒风，足足站了三十分钟。回到亮堂堂的房间里，脸色显得格外苍白，脸颊上似乎有流淌过眼泪的痕迹。

不一会儿，她离开房间，走到关押岩濑早苗的房间门口，咚咚敲了两下门，北村打开房门探出脑袋。

“你给我站在外边，我有话对早苗小姐说。”

见北村出去了，黑天使走到岩濑早苗跟前。

可怜的岩濑早苗，双手被反绑，嘴里塞着手巾，蜷缩在房间的角落里。

“早苗小姐，我有重要消息告诉你，是一件对你来说最不痛快的消息。我一说出来，你肯定会号啕大哭。”

岩濑早苗挣扎着坐起来，两眼充满敌意地朝着黑天使，没有说话。

“你猜是什么消息？”

“……”

“哈哈……那个让你信心百倍的明智小五郎，被我扔到大海里喂鱼了！他藏在我的长沙发里，我将计就计，让手下用绳索将长沙发绑紧，沉到了海底。可惜你没有参加，水葬仪式很隆重，是在甲板上举行的。哈哈……”

岩濑早苗吃了一惊，朝着得意忘形的黑天使问道：“那，那是真的吗？”

“我为什么要骗你？如果不是真的，我怎么会这么高兴？请仔细看我脸上的表情，你会明白我不是撒谎。现在，我兴奋得简直控制不住自己了。

“你一定很失望吧？就这么一个可以帮助你的人，却永远见不到你了。

“在这个拥有一亿人口的国家里，已经不会再出现第二个营救你出去的人了，你将陈列在我的美术馆里，永远与充满明媚阳光的外界隔绝。”

一直望着黑天使脸的岩濑早苗，开始觉得对方说的不是谎言。大侦探的死，对于她来说，是最坏的消息，就像黑天使说的那样，自己永远不可能再回到父母身边了。

一切都完了！正因为把全部希望寄托在明智小五郎的身上，岩濑早苗感到自己仿佛坠入万丈深渊，与父母团聚的愿望已经化作泡影。

她使劲儿咬住嘴唇，不让眼泪从眼眶里流出。

终于，她忍不住了，伤心的泪水沿着脸颊流淌。她低着头，不让黑天使看到自己悲伤的模样，越是这样越是忍不住，结果，泪如泉涌，大声哭泣起来。

“别哭了！这么大的人哭鼻子，难道不觉得害羞吗？赶快打起精神！”

见岩濑早苗哭得伤心，黑天使拉大嗓门训斥。

黑天使的声调变得奇怪起来，瞧她的眼眶，也滚出了一连串泪珠。

黑天使歇斯底里，陪岩濑早苗一起流泪。对黑天使来说，失去了独一无二的劲敌，本该高兴，可高兴之余又感到有点儿茫然和寂寞。

不知不觉的，黑天使与岩濑早苗居然亲热得俨然一对亲姐妹。虽说伤心的原因各自不同，可伤感程度却是相同的。

第二天傍晚，汽船进入东京湾，在靠近T海岸附近的时候抛下了铁锚。

等到天黑后降下救生艇，黑天使带着大家一起坐上救生艇，为了遮人耳目，朝着人造陆地驶去。

爬上陆地的，是黑天使、岩濑早苗和山川健作三人。

岩濑早苗两手依然被反绑着，嘴里还是塞着手巾，眼睛上还被蒙上了黑布。

越来越靠近黑天使的大本营了。

为避免迷路，他俩小心翼翼地走着。并且，他俩都化了装。

T人造陆地，即填海地，是一望无际的工厂区，几乎没有住宅。因此，一到晚上变得格外冷清，没有密密麻麻的房灯，只有稀稀拉拉的路灯，犹如一大片废墟。

三个人走过连着海岸的草地，沿着厂区大街转了好几道弯，朝废墟般的厂房走去。

围墙破了，门柱歪歪斜斜眼看快要倒塌。地上长满了野草，像无人居住的妖怪住宅。

没有灯。黑天使打开手电，仔细照着地面，在前面带路。

她的身后，有双手被反绑的岩濑早苗，还有在背后推推搡搡的山川健作。

走到大门里边十米左右地方的时候，出现了一座大原木结构的房屋。

手电光束慢慢移向建筑物侧面，有许多窗，可窗上的玻璃都被砸光了。

黑天使来到建筑物门口，轻轻推门进去。

手电光束移向天花板，再移向报废的机械。

沾满了锈斑的齿轮、轴承和断裂的皮带，在移动的手电光束下时而浮现时而消失。

最里面的那个小房间紧贴着建筑物墙壁，像工厂原先的事务所。

推开那扇破烂的无框玻璃门，三个人先后走进铺有地板的房间。

咚，咚咚，咚咚……

黑天使用皮鞋有节奏地踢着地板，像是发信号。皮鞋暗号就要结束的时候，手电光束里，一块边长一米左右正方形的地板，无声地朝旁边自动打开，那下面是水泥地面。

而且，水泥地面向下倾斜，这儿是黑乎乎的地道口。

“是夫人吗？”地道里传来低沉的声音。

“是的，今天，我们带来一位贵客。”

黑天使身后的山川健作一把抱起岩濑早苗，沿着向下倾斜的水泥楼梯朝下走去。

紧接着，混凝土门和地板即刻恢复原样。地道上面废墟般的工厂又恢复刚才的寂静，只有凄凉和黑乎乎的一片。

标　本

岩濑早苗离开汽船房间的时候，眼睛被一块厚实的黑布蒙住了。因此，船究竟停靠在哪里，爬上陆地后又到底去了哪里，究竟是地上还是地下，无法辨别清楚。

“早苗小姐，感到难受吧？好，山川君，给她自由！”

按照黑天使的命令，岩濑早苗嘴里的毛巾被取了出来，手臂上的绳子被解开，眼睛上蒙着的黑布也被拿了下来。

由于长时间一直被黑布蒙着，眼睛突然见到耀眼的灯光，顿感头昏目眩，险些摔倒在地上。

这儿好像是一条细长而又弯曲的走廊，天花板、地板和左右的墙壁全都是水泥浇筑的。

豪华的水晶玻璃球吊灯悬挂在天花板上，左右墙壁排列着整整齐齐的玻璃陈列橱窗，那里面陈列着琳琅满目的宝石。

各种形状的宝石在灯光下，宛如无数璀璨的星星在闪烁。

岩濑早苗被宝石展览厅的辉煌惊呆了，情不自禁叫喊起来。这个几乎每天看着宝石并对此厌烦的宝石商的女儿，竟然激动得拉大嗓门大喊大叫。

眼前水晶宫殿般的场面，令她无法想象。

“啊，你佩服我吧？这就是我的美术馆，不，里面还有许多展厅，这才是真正的入口。怎么样，与你父亲的宝石商店相比，要胜过好几十倍吧？十多年来，我不惜生命，绞尽脑汁，呕心沥血，积攒起来的。这世上，除了我，不管哪家宝石店，也不管哪一个宝石大王，都不可能聚集和拥有这么贵重且如此数量的宝石。”

黑天使神气活现地解释说，取出夹在腋下的小皮包。

那里面有一只精制的银盒，盒子里放着那颗埃及星宝石。

“你的父亲是有点儿可怜，可这是我长时间梦寐以求的宝石。今天终于如愿以偿，陈列在我的美术馆里。”

啪！她打开银盒盖，埃及星宝石沐浴在强烈的水晶灯光下，光芒四射。

黑天使高兴地注视着埃及星宝石，少顷叹了一口气，从小皮包里取出一串钥匙打开装饰玻璃门，而后又凝视了许久，终于依依不舍地把银盒放到正中间微微高起来的地方。

埃及星在银盒里，仍然在光线的照射下大放异彩。

“哦，真是太美了！其他的宝石与埃及星宝石相比，简直像不起眼的小石块。我的美术馆里，由于埃及星宝石王的出现，又增添我的自豪感。早苗小姐，太谢谢你了。”

黑天使用嘲讽的口吻说完，又朝着悲伤不已的岩濑早苗喊道：“走，再到里面参观！我还有许许多多要请你欣赏的宝物。”

黑天使走在头里带路，岩濑早苗不得不跟在她身后走。

地下美术馆里，随着不断往里走，眼前出现了一幅幅挂在墙上的珍贵名画，紧接着是一长排伫立着的佛像，再接着是大理石雕刻，再往里是精巧的工艺品，似乎没有尽头。

黑天使一边走一边解释。

原来，这么多不计其数的工艺美术品都是从各地博物馆、美术馆以及大富豪家中盗来的。她采用偷梁换柱的办法，把仿制品悄悄送到被盗地点，从那里盗出真品。

如果真像黑天使说的那样，博物馆里供游客参观的文物古董都是假的，那些大富豪引以为自豪、用来炫耀自己的传家宝也都是假的。

他们把仿制品当真品珍藏，糊里糊涂地为黑天使筑起了一道道挡风墙。

“我就是这样建成个人美术馆的。如果我的脑袋就那么点儿小聪明，那谁都能仿效，谁都能建立这样的博物馆。就这么些宝物，我的目标还远远没有达到。我还要用鱼目混珠的办法，将世上所有宝石统统纳入我的美术馆。早苗小姐，我还有一定要请你欣赏的东西，走，就在前面。”

黑天使稍稍放慢脚步，沿走廊转了一个弯。那里和刚才看到的，又是根本不同的两个世界，陈列着许多稀有的东西。

那是偶人，说是偶人，可不是我们平日里看到的那些偶人，更像是蜡像，制作得精巧、逼真、栩栩如生，简直像活人站在那里。

一侧墙边排列着长六米的玻璃陈列立橱，陈列着一组蜡像：欧洲女子一个，黑人孩子一个，日本男青年一个，日本女青年一个。有的站着，有的躺着，有的蹲着，姿势各自不同。

双臂交叉在胸前站着的，是黑人花剑运动员。

欧洲女子蹲在地上，膝盖支撑着两肘，两手托着下巴，一头美丽金发。

日本女青年呈脸朝下躺着的姿势，颀长的体型，黑色长发瀑布般地披在肩膀上，手臂组合在胸前，双肘支撑在地上，手托着下巴，两眼直愣愣地望着走来的黑天使和岩濑早苗。

其身后站着一个全身肌肉发达的日本男青年，呈扔飞碟姿势。

这四个男女，无论从脸形和体形，都可堪称世界级美男美女。

“哈哈……吃惊了吧？可你不觉得他们有点儿做作吗？你再靠近玻璃仔细观察，蜡像的身体上，还长着细细汗毛，是吧？你见过长汗毛的蜡像吗？”

岩濑早苗怀着浓厚的好奇心，凑到玻璃跟前仔细端详。

蜡像做得非常逼真，充满了魅力。啊，还真有汗毛！皮肤颜色和皮肤纹路，跟真的人完全一样。

岩濑早苗一边思考着，一边瞪大眼睛注视。

“早苗小姐，你以为那真是蜡像吗？嘿嘿……”黑天使的脸上露出可怕的微笑。

岩濑早苗听她这么一说，不由得怔住了，腿脚开始酥软起来。

“与蜡像不同，模样也令人害怕，是吧？早苗小姐，你知道动物标本吗？对，人也可以制成标本。把世上所有美人制成标本永远保存，你不觉得这是奇迹吗？

“告诉你吧，玻璃里面的蜡像是标本。我可以成功地把人制成标本保存……其实，这里面的所有蜡像都是真人标本。

“不过，还只是真人标本的半成品。真人标本的成功，堪称伟大奇迹。不是吗？真的蜡像，是没有生命的。告诉你，你所看到的蜡像都是用活人做的。脏腑是人工制作的，但皮肤和头发是真的。

“因此，像这样的蜡像依附着人的灵魂，人的皮肤味儿还在。怎么样，你不觉得这是奇迹吗？当美人渐渐失去魅力的时候，把他们制成人标本永远保存。

“不管什么样的博物馆，绝对没有像我这样把人制成标本的技术。首先，他们不可能有这样超常的想象。”

黑天使越说越兴奋，口若悬河，滔滔不绝。

“早苗小姐，再过来一下！再朝里走，还有更让你吃惊的展品。这里的蜡像，虽说是真人皮肤和真人头发，但不能动弹，可里面有动弹的蜡像。”

朝前又转了一个弯，这里的情景与刚才又完全不同，陈列着会动的美术品。

采用粗铁棍焊制而成的铁笼子，跟动物园里的铁笼差不多，里面有散发红色火光的电气取暖炉。铁笼里关押着一个人。

那是一个二十四五岁的日本男青年，体形与长相与一电影明星相似，身着尼龙衬衫，像动物一样被关在铁笼子里。

男青年的手，不停地梳理着头上的黑发，两条腿在铁笼里焦急地来回走着。他一看见黑天使，立刻像动物园里的猴子那样，摇晃着铁杆大声吼道："站住！你这个无赖！你到底安的什么心？是不是神经不正常？你这样把我关着，还不如杀了我！关在铁笼里，活着还不如快点儿死了。喂，把铁门打开！把铁门打开……"

他从铁栏间隙向外伸出粗壮的手臂，企图拽住黑天使的衣服。

"哈哈，你发什么火呀！这里可不是你发怒的地方！你这么英俊的脸蛋，小心别伤着！等一下，我会按你说的那样杀了你的！

"曾经，K青年不是和你一起生活在这个铁笼里的吗？他已经被制成人标本了，下一个就轮到你了。我一定把你制成最英俊的人标本！哈哈……"

黑天使一阵狂笑。

"什么，你说什么？K青年已被你制成标本了？你这个畜生，恶魔！你为什么要杀他，还把他制成标本？我绝不允许你这么做！究竟是谁应该变成蜡像？我可不是你手中的玩物，你再走近一点儿，我就宰了你！"

"哈哈……趁还没有把你制成人标本之前，你就尽情地狂叫吧！等一会儿，你想动也动不了啦！像你这样英俊的年轻人，越是发怒越是暴跳，我就越是喜欢。哈哈……”

黑天使一边望着眼前暴跳如雷的男青年，一边继续说：

“K青年不在了，你感到寂寞了？这段时间里，我一直在帮你找朋友！今天，我终于把她带来了！你应该感谢我才是……怎么样？快瞧！就是这位天使般的美女！”

岩濑早苗听她这么一说，心咯噔一下，浑身不由得直打哆嗦。

“绑架我原来是为了达到她不可告人的目的，把我制成人标本。这个恶魔先把我关在铁笼里，过一段时间再处死我，剥我的皮制成真人标本。

“要不了多久，我也将变成标本，作为展品被陈列在恶魔美术馆里……”

此刻，岩濑早苗才真正明白黑天使的恶毒用意，内心感到非常恐怖。

“咦，早苗小姐，你怎么啦？一个劲儿地哆嗦干什么？噢，我明白了，你知道自己将承担的作用而发抖，是吗？从现在起，我不会再往你嘴里塞手巾，也不会再用绳子把你五花大绑。瞧，现在还让你交这么一个朋友，你难道不觉得应该谢谢我吗？你想不服从？那不行！我已经做出了决定，你必须忍耐，必须服从才是……”

岩濑早苗已经连说话的力气也没有了，好不容易支撑着自己站立的身体，两眼直冒金星，眼前一片黑暗。

交　　友

“早苗小姐，还有好多好多要请你观赏的东西，打起精神来，步子迈大一点儿。这一回观赏的是水族馆，是我引以为自豪的展厅。”

黑天使牵着岩濑早苗的手，硬拽着朝前走，顺走廊转了一个弯。

沿着拐角转过弯后，前面是底下美术馆的尽头，不能再往前走了。那里，是四周镶嵌着玻璃的大水槽。

玻璃水槽前面是好几排电灯，灯光刺眼。经过正面玻璃前面的时候，可以清楚看见水里的东西，就连手也能摸着。

玻璃水槽呈正方形，边长三米左右。水槽底部，有许多纠缠在一起蛇形的水草，慢悠悠地晃动。

奇怪的是，玻璃水槽里除水草外，连鱼的影子也没见着。

到底是什么水族馆？

“大概没见着鱼吧？不过，没有什么奇怪的。像我的动物园里，供观赏的是人，而不是野兽。”

黑天使嘿嘿奸笑，又开始说出毛骨悚然的话来：“这里面，也是把人放进去让他在水槽里游。你也许不知道，水里的人比鱼更有趣。关在铁笼里的人大叫大嚷，也很有趣。可投入水里的人跳着水中舞蹈，你会觉得更有趣、更精彩。”

不知怎么的，岩濑早苗越听越糊涂。黑天使的声音，仿佛在地下室里回荡，时而好像从天花板，时而好像从地底下。总之，像梦幻般的声音。

玻璃水槽底部，刚才还是密密麻麻的水草，转眼间蹿出一张白色的大脸。当脸出现的时候，像鱼那样痛苦地呼吸，时而闭上眼睛，时而皱起眉头……那张脸，是年轻女子的脸，酷似岩濑早苗的脸。

岩濑早苗的头脑中出现了幻觉，似乎自己在水槽里喝了许多许多的水，不停地挣扎，可呼吸变得越来越困难起来。

“喂，早苗小姐，你一定觉得很奇妙吧？喂，你不是那么认为的？无论什么样的画和雕刻，无论什么样的舞蹈天才，都不可能表现出如此力量型的真实美。像这样与生命抗争的水中舞蹈，才是真正的艺术。”

岩濑早苗听着黑天使的解说，就像被对手掐住喉咙快要窒息那样，腿酥脚软，身体摇晃起来。终于，懦弱女子的精神和意志被摧垮了。

黑天使突然察觉到岩濑早苗奇怪的举止，慌忙伸出手搀扶。这时，岩濑早苗的身体扑通一下倒在地上。

也不知过了多久，岩濑早苗似乎觉得寒冷，睁开眼睛醒了。出现在她眼前的，却是伫立着的许多铁杆。也不知是什么时候，身上被换上了紧身尼龙衣裤，躺在地上。

“啊，我被关在铁笼里了！肯定是刚才关押那个男青年的铁笼。黑天使趁我失去知觉的时候，把我关进了铁笼。”

岩濑早苗一想到这里，猛地爬起来。可是，身上穿的衣服像芭蕾舞练习服那样，是紧贴在身体上的裤子和衬衫，于是，又害羞地蹲在地上。

“铁笼里肯定不是自己一个。身着这样的紧身衣裤待在铁笼里，太难为情了！怎么办呢？”

岩濑早苗畏缩在角落里，原来就已经苍白的脸，显得更加苍白了。

“我也变成铁笼里供人欣赏的野兽了。这样下去，等待自己的也是死。”

岩濑早苗宛如受委屈的孩子眼眶里噙满了泪水。

“小姐，你怎么啦？”头顶上传来男青年的声音。

岩濑早苗吓了一跳，赶紧擦干眼泪眨巴着眼睛。

男青年像安慰岩濑早苗那样，一脸担心的表情，同情地望着她。

双眼皮下清澈的眼眸，紧盯着岩濑早苗的脸。希腊人般的高鼻梁，紧闭着的红嘴唇，长得十分英俊。可岩濑早苗见了他，紧张得魂不守舍。

黑天使把男青年称作朋友。在大阪，岩濑早苗也有许多朋友，有学生时代的朋友，有孩提时代的朋友……不过，这些朋友都是和自己一起玩耍、一起学习、一起长大的。

与初次见面的陌生人，尤其与被关押在铁笼里的人交朋友，实在是一件难事。岩濑早苗想逃跑，可关在铁笼里又能逃到哪里去？无可奈何，只能尽量蜷缩身体远离男青年。

“喂，小姐，别担心，我也被关押在铁笼里，虽说也只穿着尼龙装，但我不是野人。要不是被黑天使关在这里，我原本是风度翩翩的绅士……”

男青年不知如何安慰才能打消岩濑早苗对他的恐惧，说话变得口吃起来，尽量慢慢地介绍自己的情况。

男青年也感到很为难，在这种地方见到岩濑早苗，不知道怎么办才好。

岩濑早苗见男青年这般模样，总算放下心来。嗯，他不像是一个野蛮的人，同我一样都是可怜人，都是黑天使手里的玩具。一想到这里，岩濑早苗不由得松了一口气。

渐渐地，两个人觉得彼此都是受害者，开始相互攀谈起来。

先是说各自情况，后又说自己的父母亲，最后一起痛骂可恶的黑天使。这对同病相怜的年轻人不停地相互倾诉，但声音很轻。

不知不觉地，已是第二天拂晓了。黑暗的地下室里，好像有人朝他们走来。黑天使的几个手下，听说铁笼里新来了年轻女子，争着赶来欣赏。

男青年忍耐不住了，站起来像野兽那样吼叫他们滚开。那些前来参观的爪牙由于黑天使事先一再叮嘱，则站在男青年手够不着的地方观赏和嘲笑，无论男青年怎么叫喊，他们既不发怒也不躲开。

这时，地道入口传来信号般的声音。一个船员模样的男子急匆匆地走来。

异　　变

他是黑天使的爪牙，在黑天使的远洋自备船上工作。此时此刻，岩濑早苗和男青年正在铁笼里大声驱逐那些爪牙。他似乎被什么吓得不轻，径直朝里边走去。一来到黑天使房间门口，像暗号那样有节奏地敲着门。

“进来！”里面传出黑天使的命令。

“怎么啦？这么早就敲门……不是还没到六点吗？”

黑天使见进来的是留在自备船上的部下，不由得吃了一惊。她俯卧在床上，从枕边烟盒里取出烟用打火机点燃后，慢慢地把脸转向男子示意他说话。

“船上出事了，所以急匆匆赶来报告。”

“出什么事了？”

“嗯，船上那个烧大炉的松公君，昨晚不见了。我们在船上找遍了，就是不见他的人影。当然，他不可能逃跑，但有可能被陆上警方抓获。由于担心，我就跑来报告了。”

“嗯，那，是你让松公君下船的吗？”

“不，不是的。昨天晚上，山川君到船上来过，这你是知道的吧？按理说，松公君当时应该在救生艇上，可那上面唯独没有他。也许是大家记错了，便在船上寻找，还是找不着他。

“我赶到这里问陆上的伙伴，都说没见到松公君。看来，那家伙昨晚坐救生艇来这里时顺便去陆地上溜达，也许是那个时候被警察抓了。”

“松公君如果被抓可就麻烦了！那家伙笨手笨脚的，什么本事也没有，由于缺烧大炉的，才把他给留了下来。如果像你说的那样真被警察抓了，肯定会一股脑儿地全盘招供。”

黑天使不由得起身坐在床上，紧锁着眉头思考补救办法和对策。

这时，爪牙们乱哄哄地闯入房间，其中一个抢先说道：“夫人，你快来一下！出大事了！蜡像们穿上了衣服，全身挂满了宝石。到底是谁干的？我调查了所有的同伴，都说不知道。”

“真有这事？”

“如果没有，我敢瞎说吗？当然是真的，请来看一下！山川君吓得魂不附体，正不知如何是好，直愣愣地站在那里呢！”

虽然还一时弄不清楚到底是怎么回事，但好像是发生了异常事件。松公去向不明，蜡像穿衣服和挂宝石，两者之间似乎有什么关系。

由于爪牙们相继赶来报告，使黑天使惊慌起来。她把部下们赶到门外，匆忙换上黑色装束，三步并作两步地朝标本蜡像展厅狂奔。

果然像他们说的那样，展厅里出现了不可思议的现象：笔直站立着的黑人青年蜡像，现在是身着土黄色的破衣烂裤，胸前像挂勋章似的别着埃及星宝石，一脸傲气十足的表情。

黑人男青年边上，是金发白人女郎，脸靠在黑人男青年的膝盖边，身着拖到地上的长和服，手腕、脚上和脖子上挂满了宝石和珍珠。

躺在地上的日本女青年，腰间缠着旧毛毯，乱蓬蓬的头发上挂满了各类宝石，脸上笑开了花。

那个扔飞碟的日本男青年，脸上尽是污垢，身着针织衬衫，脖子上挂着宝石，手腕上也缠着宝石。

总之，四座蜡像的身上都闪烁着耀眼的光芒。

黑天使惊呆了，半晌说不出话来，她与站在一旁发愣的山川健作面面相觑，不知所措。

这，肯定是恶作剧。瞧，白人蜡像身上的和服，原先是穿在岩濑早苗身上的，是昨晚才被换下的。

其他人穿的都是黑天使部下的服装，而这些服装原本都是放在部下卧室衣橱里的。不知是谁把这些衣服偷偷拿出来，给蜡像穿上。

这么多的宝石，不用说都是陈列在隔壁展厅玻璃橱里的，一定是什么人打开玻璃橱，把宝石拿来给蜡像们挂上。

无疑，陈列在玻璃橱里的宝石都没有了。

“一定是谁干的！谁这么傻乎乎的，玩这种恶作剧？”

“简直莫名其妙！究竟为什么要这样干？这房间里除我以外就五个人，他们都是可以信赖的男人。我刚才还一一问过他们，都说不知道这回事。”

“门口值通宵班的部下，有什么不正常情况吗？”

“没有，根本没有。再说，也不可能有人从外面潜入。因为，洞盖必须从里面打开。如果说恶作剧家伙来自外面，这种假设太离谱了！不管什么人，就是再有能耐也进不来。”

两个人交头接耳地议论着。黑天使沉思了片刻，似乎想起了什么，猛地睁开眼睛。

“啊，也许是这么回事！”

她脱口而出，脸色骤变，急忙朝铁笼方向跑去，仔细检查小门上的锁。检查结果，锁没有砸坏和摆弄过的迹象。

“你俩什么也没干？快老实说！看来，那恶作剧是你俩干的！”黑天使大声呵斥。

铁笼里，男青年和岩濑早苗正在相互说着什么，被突然的喊叫声吓得赶紧转过脸来，才察觉是黑天使朝他们跑来而且大声叫嚷，也不知怎么回事，相互你望着我我望着你。

当明白黑天使是朝他俩发怒时，男青年赶紧站起身来，攥紧拳头朝黑天使猛扑。

“怎么？为什么不回答？是你俩干的？给蜡像穿衣服戴宝石……”

“你说什么屁话！我俩被关押在铁笼里，你说说看怎么出去？你把我们关押在铁笼里，还闭着眼睛说瞎话！你大概是得了精神癫狂症吧？”

“哈哈……还嘴硬！还那样疯狂！说不是你俩干的不就行了，嚷什么？怎么，你已经和她交上朋友了？”

黑天使不知何故突然改变态度，换了话题。

“是吗？我是在说你俩看上去十分亲昵。”

男青年猛地望了一眼害怕得把身体缩成一团的岩濑早苗，大声吼道：“嗯，因为，我们两个人都是你的笼中鸟。你是不是觉得我俩联合起来可以干掉你？你是不是觉得两个人比一个人有智慧有力量，所以你怀疑我们？”

“哈哈……是的！你俩可以仔细合计，如何让我为难。哈哈……”

黑天使一边嘲笑一边转过身来，望着正巧朝自己走来的工作服打扮的山川健作说：“山川君，把年轻女子从铁笼里抓出来扔到水槽里去！”

黑天使的命令声犹如汽笛声，十分刺耳，她顺手从袋里取出钥匙扔给山川健作。

“这样做不是太便宜她了？再说她也只在铁笼里待了一个晚上。”山川健作磨磨蹭蹭地笑着说，他脸上长满了胡子。

“一个晚上就一个晚上，我已经考虑不了那么多了。快按我吩咐的去做！我回房间吃完饭就去旁边的水族展厅，你必须马上完成任务。还有，吩咐大家把所有的宝石从蜡像身上取下放回原处！”

黑天使吩咐完毕，头也不回地朝房间里走去，好像气还没有消。

蜡像身上不可思议的变化，松公君的去向不明，使黑天使无法忍受，大发雷霆。她把岩濑早苗关在男青年的铁笼里，原打算让岩濑早苗难堪。不料，事情结果并不是自己所想，岩濑早苗和男青年相处得十分友好，而且，好像勾结在一起捉弄自己……

黑天使心烦意乱，真想摸着什么就扔什么，气得浑身颤抖。

山川健作接到命令后感到棘手，脸上露出左右为难的表情。可过了一会儿，他还是无可奈何地走到铁笼小门跟前。

"喂，你想干什么？打算把她扔进水槽里吗？"

见他走来，男青年板着脸吼叫，摆开架势，似乎等他进来后拼个鱼死网破。

曾经是拳击运动员的山川健作，似乎并没把男青年放在眼里，若无其事地把钥匙插入锁孔转了起来。

门吱地开了，山川健作猛地冲进去。

顷刻间，满脸胡子的山川健作和身着尼龙衫衣的青年扭作一团，相互抓住对方胳膊，吹胡子瞪眼地蔑视对方。

"我是不会让你动手抓她的！只要我在，就不准你对她下毒手。你想强行，那就请试试！我劝你小心点儿，只要你抓她，我就杀了你！明白了吗？"

男青年使出全身力气用手臂夹住山川健作的脖子。

这时，不可思议的情况发生了。

山川健作瞬间变得有气无力，也不反抗，轻轻拉着男青年的手腕，把被夹住的脑袋靠在男青年肩膀上，对着他的耳朵好像在小声说什么。

男青年松劲儿了，不再像刚才那样用力。他一开始左右摇晃对方的脑袋，可对方没有反应。不一会儿，他脸上浮现出难以言喻的吃惊神色。

与此同时，他刚才气势汹汹的模样不见了，变得温和乖顺，松开夹住对方脖子的双手。

新　闻

男青年不再反抗。那么，山川健作到底对他说了些什么？

少顷，山川健作把失去知觉的岩濑早苗夹在腋下，朝玻璃水槽跑去，在水缸边上架起梯子。

接着，他抱着岩濑早苗顺梯子朝上爬，爬到梯子顶端掀开水槽盖，毫不费力地将岩濑早苗扔进玻璃水槽。

随后关上铁盖，沿梯子下来，再跑到黑天使房间，把门推开一条缝轻声喊道："夫人，你的命令我已经执行完毕。早苗正在玻璃水槽里游泳，请去观赏！"

他边说边从袋里取出一张折叠得很小的报纸，摊开后悄悄地放在玻璃水槽旁边的椅子上，随后快速离开消失在走廊上。

门开了，黑天使走出房间径直来到玻璃水槽边上，瞪大眼睛观赏。清澈而又蓝莹莹的玻璃水槽里，水在剧烈晃动。每晃动一次，水槽底部的水草像蛇那样互相纠缠，随后又分开。

水草丛里，美女在不停地挣扎……昨天，岩濑早苗也在这里观赏过，眼前也出现过这样的幻觉场面。

黑天使的双眼里射出贪婪的目光，像瞄准猎物的野兽向前探出上身。由于极度兴奋，苍白的脸上似乎轻微抽搐，手攥得紧紧的，牙齿咬得咯咯直响，脸险些贴着玻璃。

渐渐地，水的晃动开始趋向缓慢。

黑天使猛然觉得“水女”不像平时那么可爱，不仅不活泼，也没挣扎的迹象。刚看到的时候，是玻璃水槽里的水在剧烈晃动。眼下在水里晃动的，只不过是岩濑早苗身上的那件白色衬衫。

纤弱的岩濑早苗被扔入玻璃水槽前，多半已经失去知觉？如果不是这样，被扔入水里的她怎么会一点儿也不痛苦呢？

然而，看上去也不是那样。渐渐地，不光衬衫，连岩濑早苗的身体也由于水的晃动开始旋转。刚才还是朝着里面的那张脸，眼下朝着正面玻璃。

咦，这是岩濑早苗的脸吗？无论怎么隔着玻璃朝水里看，岩濑早苗的脸形难道有这么大变化吗？

咦，那不是岩濑早苗！水槽里的年轻女子，不就是原先陈列在展厅里的日本女青年蜡像吗？

奇怪！蜡像怎么会出现在玻璃水槽里？可蜡像身上穿的紧身衣裤，千真万确是岩濑早苗的。

“有人吗？有人吗？山川君，山川君去哪里了？”

黑天使歇斯底里地吼叫，于是，几个爪牙噔噔噔争先恐后地跑来了。他们脸上并没有表现出惊讶的神色，似乎并不害怕黑天使龇牙咧嘴的模样。

他们好像跟原来的那些爪牙不同，脸色变了。

“夫人！又出事了啦！缺少一个蜡像。刚才，我们给蜡像脱衣服摘宝石的时候，一个都没有少！可刚才经过那里一看，那个躺在地上的女青年蜡像不见了。”

其中一个爪牙气喘吁吁地向黑天使报告。事实上，她已经知道了。

“噢，知道了。你们刚才看过铁笼子了吗？那个年轻女子还在笼里吗？”

“没有，只有男青年。年轻女子不是被山川君扔进玻璃水槽里了吗？”

“嗯，扔是扔了，可扔在玻璃水槽里的不是年轻女子，而是你们正在寻找的那个失踪蜡像，你们瞧！”

听她这么一说，爪牙们慌慌张张地贴近玻璃窥视，果然像黑天使说的那样，飘浮在水里的女子是那尊不翼而飞的蜡像。

“这也太奇怪了！到底是谁干的？这样的恶作剧已经不止一次了……”

“是山川君！你们没看见山川君吗？刚才他还在这里，可转眼间……”

“没看见他。他今天的火气特别大，尽拿我们出气，似乎我们碍手碍脚似的，不停地追赶我们：喂，到那边去！喂，到这边来！”

“哼，奇怪！他现在到哪里去了？不可能到外面去吧？你们大家再分头找一下，一旦找到他就传达我的命令，让他立即到我这里来。”

大家分头去找了。

只剩下独自一人的黑天使，不知怎么的，变得更加烦躁起来，两眼直盯着天花板苦思冥想。

“越是这个时候我越是要镇静，必须重新认真思考。自远洋自备船上的炉工松公君失踪后，便发生了蜡像身上出现的怪现象。刚才，在水槽里的理应是年轻女子早苗小姐，居然被换成了蜡像。

“这一连串怪事之间，也许存在着什么必然联系？绝不会是巧合，肯定有必然联系。这变化究竟是否是人为的？洞口的保卫措施可谓固若金汤，外面的陌生人是绝对进不来的。上演恶作剧的家伙肯定在地下室里，可他究竟是谁？又是谁最可疑？

“这样的巨变似乎不像凡人所为，好像是超人所为……不过，像这样的假设是最愚蠢的，是根本不可能的……现在，既然已经出现了这么多的奇怪现象，可以肯定是人干的。

“如果是人所为，无疑，这家伙具有超常的智慧和力量，完全属超人的。因此……或许……不，绝对不可能是他！绝对不可能！”

黑天使的脑海里犹如汹涌的波涛在翻滚，在拼命地思索，她要找出那个可疑的家伙。

不可能！不可能！她不停地否定脑海里出现的一个个可疑现象。渐渐地，她忐忑不安起来，仿佛浑身在冒冰冷的汗水。

不一会儿，她走到玻璃水槽旁边的椅子跟前欲坐下，目光无意间朝椅子上瞟了一眼，发现有一张报纸。

其实，这张报纸是刚才那个山川健作摊开放在椅子上的。

她漫不经心地把报纸拿在手上，当视线接触到报上的标题时，眼眸不再转动，像金属触及磁铁那样被吸引住了。

明智小五郎获得胜利，岩濑早苗平安回家，宝石大王家人沉浸在全家团圆的幸福之中。

三行大字的标题，猛然映入黑天使的眼帘。她仿佛觉得自己在梦游，不可思议地攥紧报纸，坐到椅子上不由自主地阅读起来。

日本第一宝石商岩濑庄兵卫的爱女岩濑早苗，遭怪盗黑天使绑架，于昨天(七日)下午，精神饱满地返回家中。

岩濑庄兵卫在女儿遭到绑架后，按照怪盗黑天使的要求，曾把埃及星宝石作为赎金送到怪盗手里。现在，多半是怪盗信守诺言将岩濑早苗送回了家。

记者采访了岩濑庄兵卫和岩濑早苗，核实这一消息的真假。

父女俩回答说，怪盗黑天使撕毁约定，而且打那以后再也没有出现。

岩濑先生说，岩濑早苗的平安回家归功于神奇的明智小五郎。详细情况眼下还不是公开的时候，也一再要求记者别打破砂锅问到底。

黑天使究竟藏在哪里？明智小五郎究竟在哪里？据说，连人影也没有见着的明智小五郎，一直在单独跟踪黑天使。现在，明智小五郎去向不明，记者也没找到他本人。

目前，明智小五郎与怪盗黑天使形成一对一的局面，究竟谁能获得最终胜利，埃及星宝石到底能否完璧归赵，记者和广大读者将拭目以待。

岩濑庄兵卫说，明智小五郎曾向他保证过，一定将岩濑早苗和埃及星宝石完璧归赵。如今，岩濑早苗已经回家。因此，他说他完全相信埃及星宝石也能平安回家。

在报纸的头版头条最显著的位置上，还刊登了题为《幸福的一家》大幅照片，岩濑早苗在中间，她的两边是父母亲，三个人脸上都带着微笑。

黑天使看了照片和新闻报道，脸色顿时变得青一块紫一块的，一副失魂落魄的模样。与其说是吃惊，倒不如说是恐惧。

报纸日期是昨天，新闻报道文章里写有“昨天(七日)”等字，应该是前天。也就是说，岩濑早苗是前天晚上返回自己家中的。

前天，远洋自备船还在大阪湾航行。当时，岩濑早苗分明在船上。打那天以后，昨天、前天、刚才，岩濑早苗分明被关押在铁笼里！这到底是怎么回事？

这张报纸是日本最具影响的大报，绝不可能刊登与事实不相吻合的新闻。尤其是这张照片里，确实有岩濑早苗。被关在船上哭哭啼啼的岩濑早苗，为什么在那天返回了大阪的家中，还笑眯眯地与父母亲拍团圆照？这照片到底是真是假？

聪明过人的黑天使，面对谜一般的新闻无法找到谜底。打娘胎出来，一向自信的黑天使开始惶恐不安，脸色苍白，额头上直冒冷汗。

猛然间，黑天使想起这世上有一种“分魂病”，一个人变成两个人，而且行动不一。这种病症很少见。黑天使读过类似的书，读过介绍这种病症的外国心灵学杂志。

像心灵学，黑天使从来就没信过，可类似情况竟然就出现在自己眼前。像那种奇怪病症，现在就是不信也是白搭。

这时，去找山川健作的那些爪牙，陆续回到黑天使房间。

“夫人，我们找遍了整个地下室，就是不见山川健作的影子。那家伙肯定到哪里去了！”

“刚才在门口站岗的是谁？”黑天使问这话时，已经是有气无力了。

“是北村君！他说没见过任何人从他眼前通过。北村君肯定不会弄错。”

“那，肯定还在地下室里！一个好端端的人，怎么可能像团烟雾消失？你们再去找一遍！还有，别忘了再找一下那个年轻姑娘！如果说玻璃水槽里的女子不是岩濑早苗，那她本人肯定也藏在地下室的什么地方……”

爪牙们望着女首领苍白的脸，觉得不可思议，相互交头接耳地议论着，又朝走廊上走去。

“喂，等一等！你们中间留两个下来，把玻璃水槽里的蜡像捞出来仔细检查一下……”

两个爪牙从玻璃水槽里捞出蜡像，将它横放在地板上打量。除确认不是岩濑早苗外，没发现其他什么可疑地方。

黑天使更是焦头烂额，在房间里来回踱步，接着又返回原来的椅子坐下，重新拿起报纸看了起来。

不知看了多少遍还是原来内容，照片中间的年轻姑娘确实是岩濑早苗。

突然，她听见背后有响声。

黑天使吃了一惊，赶紧转过脸，没想到站在背后的居然是部下们找了半天的山川健作。

“喂，山川君，你到哪里去了？”

黑天使猛地把整个身体转过来，似乎浑身是劲儿，朝着山川健作直嚷：“这到底是怎么回事？你为什么不对我说清楚把蜡像换成了岩濑早苗？这种节骨眼儿上，你开什么玩笑！给我放正经一点儿！”

山川健作任凭数落，一声不吭，满脸堆笑，似乎在有意激黑天使发怒。

对　质

“你为什么不说话？到底发生什么事啦？你怎么简直像换了个人似的？到底怎么啦？想背叛我？”

看山川健作的态度，似乎并不把女首领放在眼里。于是，黑天使把嗓门提得更高了。

“早苗到哪里去了？怎么，你是想说不知道？”

“是的，我压根儿就不知道这回事！她不是被关押在铁笼里吗？”山川健作终于回话了，但语气生硬。

“你说她在铁笼里？放正经点儿！不是你把她从铁笼里抓出来扔到玻璃水槽里的吗？”

“我根本不知道有这回事！我去检查一下。”

山川健作说完毫不在乎地走了，那模样确实像去检查铁笼。

“奇怪！这家伙神经不正常？”

黑天使更加感到恐惧。为了继续观察山川健作的模样，悄悄地跟在身后出去了。当来到铁笼跟前，发现锁孔里插着钥匙。

“今天，你到底怎么啦？关上门后也不取下钥匙，就那样插在上面？”

昏暗的铁笼里，确实没有岩濑早苗的影子。

“早苗果然不见了！”

铁笼的角落里，男青年独自一人待着。平时，他一见到黑天使会大吵大闹，可今天无精打采，与往日判若两人。也许是岩濑早苗的遭遇令他感到沮丧？或许还在睡觉？

“问一下这家伙！”

山川健作说着打开铁栅栏走到铁笼里。谁知他走路姿势和动作，与平时完全不一样，也似乎没了常人的思维，像一个傻里傻气的人。

“喂，香川君，你知不知道早苗去哪里了？”

香川好像是关在铁笼里那个男青年。

“喂喂，香川君，你怎么睡得这么死？快起来！”

无论怎么喊，叫香川的男青年就是没有反应。山川健作把手搭在香川的肩膀上使劲摇晃，没想到对方的整个身体顺着他的手晃来晃去。

“夫人，奇怪！这家伙死了！”

黑天使顿感大本营里出了大事。

“绝不会是自杀吧？”

她亲自走进铁笼，靠近男青年身边。

“把他的脸转过来给我看！”

山川健作用手托住香川的下巴，将那张耷拉的脸抬起来。

“啊！这……”

没想到黑天使惨叫起来，两脚踉踉跄跄直往后退。

梦？难道是在做梦？

蜷缩在那里的男青年居然不是香川！简直令人不可想象。

猛然间，黑天使觉得自己的神经仿佛错乱起来。

如果真有一个变两个的分魂病，那么，黑天使确实患上了类似精神病。

被山川健作抬起下巴的那个男子，也是山川健作。

此时此刻，山川健作变成了一对，只是一个身着尼龙衣裤一个身着工作服。

唯一不同的是，身着衬衫的山川健作是黑天使的狗头军师。他是警方通缉的要犯，为了躲避追捕，在脸上装了假胡子。

刚才，岩濑早苗也变成了一对，可那只是报上的照片而已。眼下是两张相同的脸，而且明明白白出现在黑天使的眼前。

如此不可思议的情况，这世上理应不会有。无疑，是人为的，是人精心设计的圈套。可圈套制作人究竟是谁？为什么要制作这样的圈套……

出乎意料的现实，吓得黑天使不停地往后退却。山川健作见状，脸上却堆满了嘲笑的表情。

他为什么笑？按理说，最吃惊的应该是他！可偏偏他却像笑话傻瓜那样笑个不停。看来，他也变得不像正常人了，似乎也患上了精神错乱症。

山川健作一边笑，一边仍然使劲儿摇晃铁笼里的山川健作。忽然，被摇晃的山川健作猛地睁开眼睛，嘴里发出奇怪的叫声。

“好了，这家伙终于醒了！坐好！快说！你怎么会在这里的？”

身着工作服的山川健作提出一个怪问题。

睡了一觉醒来的山川健作，沉默了好一会儿，不停地眨巴着惺忪的睡眼，仿佛还没弄明白究竟是怎么回事。

突然，他发现黑天使站在眼前，像喝下兴奋剂似的，神志猛地清醒了。

“啊，夫人，我倒大霉了。”

他嘟囔着转过脸，望了一眼身着工作服的山川健作。

“啊！就是这家伙！就是这浑蛋！”

他破口大骂。于是，模样酷似孪生兄弟的两个山川健作扭作一团，展开激烈的搏斗。

但没过多久，身着尼龙衣裤的山川健作被打倒在地上，而身着工作服的山川健作，根本没费什么力气便战胜了对方。倒地的山川健作尽管遭到失败可嘴不饶人，继续大声叫嚷：“浑蛋！你竟敢化装成我招摇撞骗！夫人，别麻痹大意！他是叛徒！他是炉工松公君，竟敢化装成我的模样。”

“喂，松公君，你好大的胆！快把手举起来！在山川君解释的过程中不准乱动，否则，别怪我不客气。”

黑天使敏捷地从口袋里掏出手枪。

身着工作服的男子只得老老实实地举起双手，可脸上还是带着笑容。

“喂，山川君，快说！说得详细一点儿！到底发生什么啦？”

“昨天晚上，我押送岩濑早苗跟着你来到这里，随后我一个人回到了远洋自备船上。这，夫人是清楚的。当我在船上办完事乘坐救生艇返回登上陆地后，发现这家伙跟在我身后。也不知他是什么时候跟着我的，我训斥了他几句，没想到他猛地扑上来把我摔倒在地。

“平日里，我一直觉得松公君唯唯诺诺，不声不响，谁知他身体那么强壮，简直让我难以置信。他把我打倒在地上还给了我一记重拳，刹那间我失去了知觉。

“也不知过了多久才睁开眼睛，却发觉手脚不能动弹，再仔细一看，手脚都被绑了，身上衣服也被扒得只剩一件衬衫，被塞在地下室的小仓库里。

“我大声喊叫却发不出声音。原来，嘴里被塞上一条大毛巾，想喊不行，想逃不行，就是拼命挣扎也无济于事。不一会儿，这家伙又来到小仓库，也不知他是什么时候穿上我身上工作服的。

“不光服装，还有我的假胡子也装到了他的脸上。这家伙的化装技术还真是超一流的，就像我有了一个孪生弟弟。炉工松公君除了烧饭烧菜外还有这么一手，我实在无法想象。

“哈哈，这家伙化装成我肯定是想干什么。这个外表温顺的家伙居然存心不良，置我于死地。我被五花大绑不能动弹，无法与夫人取得联系。

“这时，这家伙又来了，要我忍耐，接着又给了我一记重拳，再一次把我打晕过去。刚才，我总算醒来了。

“松公君，现在可由不得你了。浑蛋！活该！等一会儿，我要把你打我的几记重拳统统还给你，让你尝尝我的铁拳，好让我高兴高兴。”

听完山川健作的叙述，黑天使尽管心里吃惊不小，但脸上丝毫不露声色，始终保持着平静，面带笑容地说道：“哈哈……干得太漂亮了！没想到松公君是那样的男子！应该表扬你！松公君，照这么说，一连串怪事都是你的所作所为？可你那样干究竟为了什么？不要有顾虑，尽管说！别吞吞吐吐的，说出来让我听听！”

“如果不说呢，你打算怎么处置我？”身着工作服的山川健作嘲弄黑天使。

“那就要你的命！怎么，你不知道我的脾气？这里的主人，最喜欢血。”

“你是说朝我开枪？哈哈……”男子哈哈大笑，笑声震撼着整个铁笼。

也不知是什么时候，男子已经把高高举起的手放了下来，并且还大胆地把手插入口袋。

黑天使没想到部下居然在她面前肆无忌惮，气得咬牙切齿。终于，她忍不住了。

“你笑，好，就让你尝尝子弹的厉害！”黑天使大声嚷道，使出全部力气用手指扣动了扳机。

分　晓

出人意料的是，身着工作服的男子并没有被子弹击倒在地，依然手插在口袋里，脸上挂着笑容。那表情，似乎觉得眼前的一切滑稽、有趣。

“喂，你听！好像有怪声音，不过，它肯定不是子弹飞出枪膛的声音。”

他这么一说，黑天使更慌了神。

两下，三下……她不断扣动扳机，只有咔嚓咔嚓的声音，就是不见子弹出膛。

“畜生！是你取下了我枪里的子弹？”

“哈哈……你还算聪明，终于明白是怎么回事了。对，就你说得对，瞧，都在我这里。”

他从口袋里抽出右手，摊开手掌让黑天使看，一颗颗光亮的子弹静静地躺在手上。

这时，铁笼外传来乱七八糟的脚步声，几个爪牙飞也似的跑来。

“夫人，有大麻烦了！在门口站岗的北村君被人绑起来了。”

“是啊，不光被绑了，好像知觉也没有了。”

刚说到这里，忽见铁笼里这般不可思议的景象，都愣住了。

“喂，这家伙到底是谁？”

爪牙们望着两个外表相似的山川健作，瞪大眼睛问道。

“这家伙是松公君，竟然扮作山川君。地下室里发生的怪事，都是松公这家伙干的，快进来把他绑起来！”黑天使尖着嗓音命令部下。

“什么，他是松公君？这畜生，居然厚颜无耻地扮作山川君……”

话还没有说完，爪牙们蜂拥而入企图抓自称松公的男子。

可松公灵活得像泥鳅，在人群里敏捷地躲来闪去，也不知什么时候，已经站在铁笼外面，脚步慢吞吞地朝后退，那表情似乎在说：上来呀，快上来呀。

在黑天使的带领下，部下们跟着拥出铁笼，追赶松公。

前面是逃跑的松公，后面是黑天使带领的几个追兵。沿着长长的走廊，不断向纵深处追去。

须臾，在前面逃跑的松公君和在后面追赶的黑天使及部下都先后来到蜡像展厅前面。突然，松公君停住脚步。

“喂，你们知不知道北村君怎么会被绑起来的？”他一边说一边把手插入口袋。

“都给我站住！我有话问他。”

这似乎是黑天使思考了许久的问题，她将爪牙们朝两边分开走到松公跟前。

“你如果真是松公君，就算我有眼不识泰山没有重用你。现在，我向你道歉。可我还是要问你，你真是松公君吗？可我怎么也不能相信，你到底是谁？请你快把那讨厌的假胡子给摘下来，让大家看看你的真面目。听见我说的话了吗？请把假胡子摘下来！”

黑天使说话的口气已经不像刚才那样生硬，完全是以一种商量的口气对面前的男子说。

“哈哈……我即便不摘胡子，你也应该知道我是谁。恕我直言，你虽然知道我是谁，但就是不敢说出我的大名。因为，这天底下你最害怕的就是我。瞧你的脸色变得这么苍白，简直像一张白纸。”

身穿工作服的男子，其真实身份果然不是锅炉工松公。其实，眼下已经没有必要浪费时间猜测了。

声音，语调，让黑天使如梦初醒，恍然大悟。尤其是洪亮的声音，是那么耳熟。

完了！黑天使全身打起了哆嗦。

“那，那，那你是……”

“别再有什么顾虑，也别再抱什么侥幸，你就快说出我的大名吧！”

身着工作服的男子，脸上的笑容猛然间消失了，变得威武、严肃。

黑天使更紧张了，从全身所有汗孔冒出的仿佛都是冰冷的汗水。

“明智小五郎……你是明智小五郎吧？”

“是的，其实你早就知道我是谁了！尽管明白，但还是抱有侥幸心理……”

身着工作服的男子说完，哗啦一下扯掉了脸上的胡子。

千真万确！他确实是明智小五郎。

“不过，怎……怎么会发生这种情况？”

“噢，你是想问，被你扔到太平洋里的我，怎么会死里逃生？哈哈……你还觉得被扔入太平洋的肯定是我吗？

“你根本的错就在这里！其实，我并不在那张长沙发下边的机关里，然而，那里面确实有人。

“是谁？他是真正可怜的松公君。说实话，我也没想到你竟然如此心狠手辣。正因为没那么想过，才打算化装成松公君潜入船上侦查。

“于是，我把松公君绑起来塞入长沙发下边的机关里。却没料到，他死得那么惨。太可怜了！我从内心感到难过和愧疚。”

“那，松公君被扔入太平洋，你化装成松公君一直在餐厅的厨房里？”

眼下的黑天使已经镇定下来，和刚才魂飞魄散的她判若两人，虽说是站在最令她害怕的对手跟前，可语气和腔调完全不失贵妇人的温雅和风度。

“那是真的？如果真像你说的那样，手脚被绑和嘴里塞有手巾的松公君怎么会开口说话？我当时坐在长沙发上，和下边机关里的松公君对话了很长时间。”

“那说话的人确实不是松公君，是我。”

“那……请你解释！”

“房间里有大衣橱吧？我躲在那里面与你对话，你却觉得声音来自长沙发下边。由于长沙发下边有松公君的挣扎晃动的声音，你认定里面有人。不过，你的这种认定没错。”

“看来，救出岩濑早苗并把她藏起来的是你，把报纸放在玻璃水槽旁边椅子上的也是你？”

“是的。”

“你还真行！竟能编造假新闻作弄我？”

“假新闻？别说蠢话！报纸上消息怎么会假？报道和照片全是事实！”

“哈哈……不管怎么说，独生女儿的岩濑早苗变成两个一样的姑娘，那样的……”

“不是变成两个！被你带到船上的是假的岩濑早苗。为找到与真岩濑早苗长相一样的人作为替身，我真是费了九牛二虎之力。不用说，果然有一个叫樱山叶子的姑娘，长得与岩濑早苗十分相似。

“她失去了父母，身边也没有兄弟姐妹，孤身一人，还有不良习惯。正因为如此，我相信她一定能出色扮演好这一角色。

“像她这样有经历的女子，不管受什么折磨完全能挺过去。再说樱山叶子信任我，坚信我无论遇到什么情况也不会死在黑天使手里，而且还会把她救出去。可以这么说吧，她像信神那样信任我。”

现在，读者们也该明白了，曾在大阪市内某大街上跟踪年轻女子的老绅士，其实就是明智小五郎。

也就是从那天晚上开始，真岩濑早苗已经被转移到只有明智小五郎才知道的地方，而扮作岩濑早苗的樱山叶子被悄悄送入岩濑庄兵卫的家中。

打那以后，假岩濑早苗被禁闭在最里面的卧室里，装作讨厌见到别人的假象，巧妙地骗过了黑天使。

当时，岩濑夫妇及其家人由于每天沉浸在担心岩濑早苗被黑天使绑架的恐怖之中，都程度轻重不同地患上了神经衰弱症。

他们只知道把岩濑早苗关在最里面的房间，根本不让她走出房门，因而也毫不怀疑女儿是假的。

听完故事的黑天使，站在明智小五郎面前，仿佛心被猛地刺了一下。

可她的爪牙们对明智小五郎说的动人故事，丝毫没感到有什么值得佩服的地方。他们好不容易等到明智小五郎与黑天使之间的对话暂告段落，心里早已不耐烦了。

“别再让他说个没完，听了简直心烦。上！把他抓起来关到铁笼里！”

不知哪个爪牙代替黑天使发布命令，有四个爪牙犹如猛虎下山那样朝明智小五郎扑去。

有的转到背后企图抱他的腰，有的伸出腿打算绊他的脚，剩下两个准备抓住他的双臂。遇上这样胆大妄为的亡命之徒，无论明智小五郎有多大能耐也只能束手就擒，因为他毕竟变不成三头六臂。眼看胜利就要在望的时候，却急转直下变成这样的局面，胜利的果实将送到黑天使的手里。

“啊哈哈……你们难道没长眼睛吗？还不快睁大眼睛仔细瞧！没有察觉玻璃水槽里的奇迹吗？”

黑天使的爪牙被这么一说，不由得停住脚步将视线投向水槽。刚才，他们的注意力都被明智小五郎吸引住了，没一个察觉那里在悄悄变化。

落地玻璃陈列橱里，发生了翻天覆地的变化。那些刚才还一动不动的蜡像忽然间变成了活人，一个个身着西装，姿态与蜡像完全相似。

“啊，完啦！”

这些爪牙毕竟是乌合之众，不由得大声惊叫。当他们喊声还没有落下的时候，那些站在橱窗里化装成蜡像的男子都已经掏出手枪摆出射击架势，并纷纷从橱窗里冲了出来。

“黑天使，放老实点儿！”

根据明智小五郎的指示，这些持枪男子悄悄潜入贼巢，埋伏在蜡像展厅的橱窗里化装成蜡像。他们都是东京警视厅派来的警察，来这里抓捕黑天使及其爪牙。

打开地下室暗门的信号，是明智小五郎在电话里与警视厅商定的。为此，警官队毫不费力地进入贼巢，并将门口站岗放哨的北村君捆了起来。当然，抓捕方案是明智小五郎与警视厅共同商定的。

扮作山川健作的明智小五郎，曾一度离开贼巢不知去向。也就是那个时候，他与警视厅制订了如何将歹徒一网打尽的作战方案。

警视厅一共派出了两支警队，一支警队直捣贼巢，另一支警队则在水上警署的配合下，直扑停泊在海上的黑天使的远洋自备船。不用说，那艘船以及船上的歹徒都已落入警方手中。

地下室里的这些爪牙还没来得及招架，已经都被警官们戴上了铮亮的手铐。

唯黑天使眼疾手快，她早已预感到大难临头，当看见警官们朝自己扑来时，赶紧闪身躲开，飞也似的蹿入自己房间，用钥匙在内侧将房门锁上。

黑天使深知难逃被捕的厄运，为保持最后时刻不失贵妇人风度，蹿入房间走自绝之路。

明智小五郎立刻察觉到黑天使的企图，于是将现场的歹徒交给警官队，自己则火速朝黑天使房间跑去。

“喂，开门！我是明智小五郎！我有话要对你说，快把门打开！”

“要是只有你明智小五郎一个人的话……”

“是的，只有我一个，快把门打开！”

门内侧传来开锁的声音，随着吱的一声，门开了。

“啊，我来迟了一步……你已经服毒了？”明智小五郎一边朝里走一边大声问道。

黑天使开门的同时跌倒在地上。

明智小五郎弯腰蹲在地上，望着黑天使说："到了现在这时候，就是对你再说什么也不管用。为跟踪你这个大盗，我险些送命。可那些充满危险的经历，对于选择侦探事业为生命的我来说，是极其宝贵、极其重要的经验。为此，我不恨你，只是为你感到可悲。你这样的结果完全是咎由自取。现在，我要告诉你的是，你煞费苦心弄到手的埃及星宝石王，我要带走了，让它物归原主。"

明智小五郎从袋里取出宝石，用手挡着光让黑天使看。

黑天使慢慢地点点头问道："早苗小姐呢？"

"早苗小姐？噢，你是说樱山叶子？放心吧！她已经和香川君被警方保护起来了。是啊，她受尽了你的折磨。回到大阪后，我会重重感谢她的。"

"我，失败了，彻彻底底地……"黑天使的眼眶里，涌出一长串泪水。

"明智大侦探，我要与你永别了……祝你精神更加饱满……再见……"

黑天使闭上美丽的双眼，使出最后的力气与明智小五郎道别。烈性毒药产生的痛苦，使她不停地扭动着手和脚。

少顷，这个披着人皮、作恶多端的黑天使，终于不再扭动身躯。

这时，把歹徒和赃物押上警车的警官们拥入房间，看到这一情景全都伫立在门口愣住了。尽管死者是十恶不赦的大盗，可毕竟是人，房间里一片肃静。

警官们站在女怪盗尸体前面，好长时间没有说话。

多行不义必自毙！黑天使终于应验了这条传世古训，结束了自己罪恶的一生。

猛然定睛一看，这个黑色装束的女子胸前银光闪烁，那枚“蜥蜴别针”仿佛被注入了生命。

“蜥蜴”似乎在微微蠕动，仿佛为主人永远离自己而去感到惋惜……

おわり